宮城の怖い話

―杜の都に魔が巣食う―

寺井広樹・とよしま亜紀

はじめに

生まれも育ちも関西で、現在は東京住まいの私だが、不思議と宮城の人とは縁がある。

かつて暮らしていた町の近くに、宮城出身の店主が営む酒場があった。宮城の地酒や郷土料理も味わえるため、宮城出身のお客を見かけることが多かった。私は店主をはじめ、宮城の人達が作り出すあたたかな雰囲気に惹かれ、当時はその酒場に通い続けていた。

ある日、私が友人とお酒を楽しんでいると、常連客の誠さんが来店した。就職で上京して二十数年経つが、誠さんは高校卒業まで宮城の地で過ごした。現在も実家は宮城にある。ご両親も健在だ。そのため、年に何回かは妻の愛さんをともない、宮城に帰省するのだそうだ。

いつもは元気で明るい誠さんだったが、なぜかこの日は生気がなかった。聞くと、宮城に帰省した際、「御釜」で身の毛もよだつ体験をしたからだという。

御釜とは、宮城県と山形県の県境・蔵王連峰にあるエメラルドグリーンの火口湖のことた。荒々しい山肌に囲まれた丸い湖で、日差しを受けた鮮烈な色彩が非常に美しい。

東京育ちの愛さんは、まだ御釜を見たことがなかった。そのため、夫婦で出かけることにしたそうだ。

下界は天気の良い夏日だったが、御釜に近づくほどに天気が悪くなった。駐車場に自動車を停めて展望台へ着いた頃には、辺りはすっかり濃霧に覆われていたという。風があるので、そのうちに濃霧は晴れるかもしれないと、しばらく展望台で待つことにした。他にも観光客はいたが、御釜の眺望を見ることを諦めて去っていく人も多かった。

しばらくすると、展望台で二人きりになった。辛抱強く霧が晴れるのを待ったが、霧は濃くなるばかりで、二人がいる展望台まで白く包まれてしまった。

「諦めようか」と言い出す愛さんの声が聞こえてきた。しかし、その姿は見えない。誠さんは「どこにいるんだ?」と叫んだ。

しかし、返答はない。

さらに時間が経つと「御釜がきれいに見えるわ」と、愛さんのはしゃいだ声が聞こえてきた。

確かに前よりは霧が薄くなっているのだが、誠さんにはまだ御釜も愛さんの姿も見えない。立っている場所が違うのかもしれないと思い、誠さんはじっとその場で待っていた。するると、薄くなった霧の向こうに何やら女性の足のようなものが見えてきた。誠さんは愛さんだと思い、「どこに行ってたんだ？」と声をかけた。

しかし、その足の持ち主は愛さんではなかった。

霧が晴れ、その女性の正体が明らかになった瞬間、誠さんは悲鳴を上げた。

愛さんだと思っていた女性は、胸から上がぼんやり霞むように透けていた。そして、その向こうにはエメラルドグリーンの御釜がうっすら見えていたという。


神秘的で見るものを魅了する「御釜」をはじめ、宮城には「一目千本桜」「日本三景の松島」「多賀城政庁跡」など、見所が数多くある。そして、伊達政宗が開墾に力を注いだ肥沃な土地、三陸沖の豊かな漁場、奥羽山脈を水源とする清らかな水などが育む酒もつまみも美味しい。

今回はそんな宮城の魅力を、怖い話に詰め込んで、一冊にまとめてみた。ぜひご賞味あれ。

とよしま　亜紀

宮城の怖い話　――杜の都に魔が巣食う――　目次

一　桜のトンネル（柴田郡柴田町・大河原町）

一目千本桜

高校生の美咲さんは、お母さんと二人で東京で暮らしている。だが、美咲さんは四歳までお父さんの実家がある柴田郡で育った。美咲さんと両親、そしてお祖母さんの四人の家族だったのだ。

しかし、嫁姑の関係がこじれたことをきっかけに、両親は離婚してしまった。以降は、お父さんが東京へ来た時に会うだけで、柴田郡を訪れることはなかったという。

四月、高校の新学期が始まってからしばらくしてのことだった。美咲さんはお母さんから、柴田郡に住むお祖母さんが亡くなったことを告げられた。

「美咲と血のつながったお祖母さんなんだから、葬儀に行っていらっしゃい」

お母さんからはそう言われたが、美咲さんは戸惑った。柴田郡に住んでいた時のことは、幼な過ぎて、ほとんど記憶に残っていないからだ。

美咲さんは当時のことを思い出そうとして、黙って考え込んでいた。すると、お母さんは美咲さんの心を察したのか、柴田郡に住んでいた頃の思い出話をしてくれた。それは、こんな話だった。


美咲さんが四歳になったばかりの春。お母さんとお父さんは、美咲さんを連れて桜を見に行った。

柴田郡柴田町から大河原町にかけて白石川の堤に続く桜並木は「一目千本桜」と呼ばれる桜の名所だ。中でも、両側から頭上に覆いかぶさるように咲く桜のトンネルは、圧巻の美しさだった。

美咲さんは桜のトンネルを見てとても喜んでいた。その頃すでに夫婦仲が悪くなっていたことを、美咲さんは感じ取っていたのだろう。左右の手を、それぞれお父さんとお母さんとつなぎ、うれしそうだったという。美咲さんは前を見ず、満開の桜を見上げながら、はしゃいだ声を出していたそうだ。

途中、写真でも撮ろうかと立ち止まった時だった。美咲さんがいきなり大声で泣き出した。驚いたお母さんは、どうしたのか尋ねた。しかし、美咲さんはただ泣くばかり。心配したお父さんが美咲さんを抱き上げると、美咲さんの泣き声は一段と大きくなった。そして、目をしっかりと閉じて、お父さんの首にしがみつき、頭上の桜を指差した。

お母さんは美咲さんが指差す方向を見上げた。しかし、何も変わったことはない。きっと毛虫でも下りてきて、驚いたのだろうと思い、美咲さんをなだめながら、先へ進んだ。

それが、三人で出かけた最後の日になってしまった。

後になって振り返ってみると、美咲さんがお父さんと離れ離れになってしまうことを予感して、激しく泣いたように思えたと、お母さんは言う。

美咲さんはお母さんの話を聞いて、ハッとした。幼い頃に見た、夢だとばかり思っていたある出来事が、夢ではなく柴田郡での体験だったことを知ったからだ。その瞬間、鳥肌が立って血の気が引くような感覚になったという。

美咲さんはその出来事を、こんなふうに記憶しているそうだ。

その日、幼い美咲さんは両親に手を取られて、きれいな桜のトンネルを歩くのがうれしかった。大人の頭すれすれくらいまで覆いかぶさる桜を、見上げながら歩いた。美咲さんの真上には、空が見えないほど桜が一面に咲き誇っていた。

両親が立ち止まったので、美咲さんも止まって頭上の桜を動かずに見上げていた。するとꓹ花々の隙間から見下ろしているものがいた。何かは分からないが、ぎょろっとした大きな目だけが見えた。

驚いた美咲さんが声も出せずに見つめていると、桜と桜の花の隙間から瞼が一つずつ開くように、次から次へと目玉が現れ始めたのだ。その目は、皆別の方向をきょろきょろと見回していた。

すると、美咲さんの真上にあった目と、驚いて固まっている美咲さんの視線が合った。その瞬間、美咲さんは、思い切り大きな泣き声を上げた。

心配する両親に上手く説明することもできずにいると、お父さんが美咲さんをあやそうと抱き上げてくれた。

しかし、そのせいで奇妙な目に一段と近づいてしまった美咲さんは、固く目を閉じ、頭上を指した。両親に頭上に見える恐ろしいものの存在に気付いて欲しかったからだ。美咲さんはずっとお父さんの首にしがみついたまま帰った記憶があるという。

高校生になった今なら、桜の木の上にいたメジロ（小鳥）の目が、子どもには大きく見えたのではないかなどと、納得できる理由も考えつく。

だがもしかすると、この世のものではない何かが棲みついていたのかもしれない。桜の木の上から、はしゃぐ人間を見物していた奇妙な目が、子どもだった自分には見えたのかもしれないと、美咲さんは語る。

二

リピート　八木山橋その一
（仙台市青葉区・太白区）

数年前の春、歴女である愛子さんは「仙台城跡」を訪れた。仙台城跡は、伊達政宗で知られる伊達家の居城跡。本丸跡に立つ伊達政宗公の騎馬像からは仙台の町を一望することができるという。

また、城跡周辺は桜の名所となっている。仙台城跡に咲き乱れる桜の花々を満喫した愛子さんは、城跡の近くにある、もう一つのスポットを目指した。「八木山橋」だ。

仙台市の青葉区と太白区の境界にある八木山橋は、竜の口渓谷の断崖絶壁に架かっている橋だ。一番深いところでは橋から七十メートルもあるという。七十メートルといえば、ビル二十階程度に当たる高さだ。

実は、この橋からは飛び降り自殺する人が後を絶たないという。そのため、自殺者の幽霊を見たとの目撃談も多い。心霊マニアでもあった愛子さんは「せっかく仙台まで来たんだし……」と八木山橋まで足を延ばしたのだった。

仙台城跡から歩いて数分。愛子さんは、八木山橋に到着した。橋には高いフェンスが設置されていた。自殺防止のためであろう、フェンスの上方は橋の側に被さるように折り曲げられている。しかし、そんな状態でも、よじ登る人がいるのだそうだ。

愛子さんは、八木山橋を歩いてみることにした。

途中、フェンスの隙間から谷底を見た。ここから飛び降りたら、確かにひとたまりもない。愛子さんはここから自殺していった人達のことを想像し、身を震わせた。

愛子さんは谷底から橋の上に視線を移した。すると、前方にスーツ姿の中年男がフェンスをよじ登っているのが目に入った。

（自殺だ……）

愛子さんは男を止めなければと思った。しかし、驚きのあまり足が動かない。

愛子さんが動けずにいると、男はフェンスの上に這いつくばり、谷底へと身を乗り出そうとした。とその瞬間、男は跡形もなく消えてしまったのだ。

愛子さんは目の前で起こったことが信じられなかった。

どのぐらいその場で立ち尽くしていただろうか。ようやく足が動くようになると、愛子さんは恐る恐る前に歩き始めた。さきほどの男は谷底に落ちてしまったのだろうか。それとも……。好奇心が怯える気持ちを上回った。

愛子さんは、ようやく男がよじ登っていた場所まで来た。そして、フェンスの隙間から谷底を覗いてみた。しかし、倒れている人らしきものは見当たらない。

ならば、さっき見たものは、一体なんだったのだろうか？

目の錯覚かもしれない。愛子さんは元来た道を引き返すことにした。

しかし、やはり気になり、後ろを振り返った。すると、さきほどの中年男がフェンスの上に這いつくばっているではないか！

「あっ！」

愛子さんが声を上げたのと同時に、男は谷底めがけて身を投げ出した。しかし、またもやその瞬間に跡形もなく消え去ってしまったのだ。

男は自ら命を絶っておきながら、生きていた最後の瞬間から離れられずに、何度も飛び降りを繰り返しているのだろうか。

誰でも本当は生きていたいものだ。「死んで楽になりたい」と自殺したとしても、心の底から死んで良かったと思っている人などいやしない。だから、心が最後の瞬間から離れられないのではないか。

愛子さんは、自殺の名所だからこそ、生への執着心のようなものが、この場所には漂っているのかもしれないと思ったという。

三

恋の行く末
（仙台市青葉区・太白区）
八木山橋その一

みずみずしい緑が映える梅雨の仙台。

東京の会社で課長職に就く茂雄さんは、出張でこの地を訪れた。同行したのは部下の美穂さん。やっと仕事にも慣れてきた新人社員だった。茂雄さんが出張に美穂さんを伴うのは初めてのことで、美穂さんも見るからに張りきっている様子だった。

仙台市内に一泊して、翌日には県内の他地域に移動する予定だ。

その日の仕事は、美穂さんの頑張りもあり早く終わった。そのため、茂雄さんは美穂さんを仙台城跡へ誘うことにした。仙台に来るのは初めてという美穂さんへのご褒美のつもりだった。

美穂さんは仙台城跡の観光を喜んだ。茂雄さんはその姿をとても可愛らしく思い、胸がざわついたそうだ。それは美穂さんから特別な好意を持たれていると、茂雄さんが気付いていたからかもしれない。

茂雄さんと美穂さんは、伊達政宗公の騎馬像や青葉城資料展示館を見物した。そしてその後は、城跡の南側から路線バスと地下鉄東西線を乗り継いで戻るつもりだった。

バス停へと続く道を歩いていると、美穂さんがトイレに忘れ物をしてきたらしいという。美穂さんは「バス停で待っていてください」と一人で取りに戻って行った。

茂雄さんは、バスの時刻まではまだ余裕があることを確認すると、道なりの先に見える橋まで、ぶらぶらと歩いていった。付近に人の姿はなく、自動車の通行もまばらだった。

茂雄さんは橋のたもとまで来ると、立ち止まって美穂さんのことを考えた。上司と部下というだけではなく、親子ほども歳の違う間柄に恋愛感情はあり得ない。しかも、茂雄さんには家庭があった。そう否定しても、何かしら美穂さんに惹かれるものがあるのだ。

茂雄さんはぼんやりと「八木山橋」と銘板が刻まれた橋を眺めていた。そして、橋の欄干の上に、高いフェンスが設置されていることに気が付いた。

そのフェンスは、上方が橋の側に被さるように曲げられていて、よじ登ることができないようになっている。それを見て茂雄さんは、そこが自殺の名所として有名な橋であることを思い出した。自殺防止のために策を講じていても、なお橋からの投身自殺が絶えないという。

悩みぬいて亡くなった人が多い場所で、背筋に冷たいものを感じた茂雄さんは、ふと橋の上に人影を見つけた。スーツ姿の若い女性が、フェンスの隙間から谷底を覗いていたのだ。

茂雄さんはその女性に吸い寄せられるように近付いて行った。なぜなら、女性が美穂さんに似ていたからだ。距離が縮まるにつれ、茂雄さんにはその女性が美穂さんのように思えてきた。美穂さんは忘れ物を取りに戻ったのだから、そんなはずはないのだが……。

茂雄さんには、女性が泣いているように思えた。そして、フェンスをつかんだ女性の両手が、小刻みに震えている様子を見た時だった。女性の体がゆっくりと前のめりに傾いていったのだ。まるで、立ちはだかるフェンスなど存在しないかのように、女性の体は鉄柵をすり抜け、頭から谷底めがけて転落した。

「危ない!」

茂雄さんは叫びながら女性のいた場所まで駆け寄った。そして、フェンスの隙間から谷底へ舞う女性を探した。

しかし、女性の姿はどこにもなかった。

(今のは何だったんだ……)

茂雄さんはフェンスをつかんだまま、肩で息をしながら考えた。

「課長、お待たせしました」

その時、元気な声が背後から聞こえてきた。

茂雄さんは恐怖が冷めやらぬまま、振り返った。そこには美穂さんがいた。身を投げたのが美穂さんでなくて良かったという思いで、いくらか気持ちが落ち着いた。

それからというもの、茂雄さんは笑顔を向ける美穂さんに対して、ざわつく自分の心を抑えている。もし不倫が原因で苦しめるようなことになれば、八木山橋から身を投げるのは、本当に美穂さんになってしまいかねないから、と。

四

フィールドアスレチック
宮城県県民の森（宮城郡他）

最近は、日本でもベビーキャリアで赤ちゃんを背負い、登山をするファミリーを見かけるようになった。

沙羅さん夫婦も、登山とまではいかなくても、一歳になったすみれちゃんを連れてハイキングをしたいと思った。

そこで、ベビーキャリアを使用して、すみれちゃんを背負って歩く練習をしようと、家族で「宮城県県民の森」へ向かった。

宮城県県民の森は、仙台市、富谷市、宮城郡利府町にまたがる地域にあり、多くの県民が訪れるスポットだ。フィールドアスレチックや遊歩道などがあり、自然を満喫できる。

沙羅さんは、夫と交代でベビーキャリアを背負って、遊歩道を歩いてみた。

しばらくすると、沙羅さん夫婦はベビーキャリアの使い方に慣れてきた。すみれちゃんもベビーキャリアが快適で気に入っているように見えた。

三人はファイールドアスレチックのそばへ向かった。そこでは、様々な年齢の子ども達が丸太やロープで作られた遊具に挑戦していた。垂れ下がったロープからロープへと渡ったり、木の梯子を登ったり、滑り台を降りたり……。皆、歓声を上げて夢中になっている。

すみれちゃんを背負っていた夫が、アスレチックに近づいた。楽しそうな子ども達の姿を、間近ですみれちゃんに見せてあげようと思ったのだ。

すみれちゃんは大喜びで、子ども達の歓声に合わせるように言葉にならない声を上げて、手をバタバタさせてはしゃいでいる。

すみれちゃんの様子に目を細めていた沙羅さんは（この子もあっという間に大きくなって、一人でアスレチックに挑戦するようになるのだろう）と思った。そんな日が楽しみでありながら、ケガをしないか心配で見ていられないかもしれないとも考えた。

その後も、ベビーキャリアでしばらく散歩を続けた。すみれちゃんは夫の背中で、相変わらず元気に、周りにある珍しいものを見つけては、指を差して「あっ、あっ」と言っていた。

だが、大きな木が生えているところへ差し掛かると、木々に日差しが遮られたせいか、すみれちゃんは眠そうになり、そして静かになった。そろそろ疲れて、お昼寝する頃かもしれない。

ところが、すみれちゃんはまた珍しいものを見つけたようで、再び楽しそうに声を上げ始めた。沙羅さんはベビーキャリアの中で弾むように動きながら笑っているすみれちゃんを見た。すると、近くにある木を見上げて、指差している。

沙羅さんは、すみれちゃんが木の枝の近くに何かを見つけたのかと思って探してみたが、何の変哲もない、ただの高い木があるだけだった。

その時、急に冷たい風が吹いてきた。そして、なぜか不自然なほど辺りが暗くなった。あまりに突然だったので、沙羅さんは驚いた。そして、暗くなった理由を探すように、周りを見回した。

同じく夫も不思議そうに体の向きを変えていった。すみれちゃんだけは、夫の背中がくるくると向きを変えるので、それを喜びはしゃいでいる。

すると今度は、木々の間から明るい日の光が差し込んだ。その時、沙羅さんは太陽の光で浮かび上がってきたものを直視した。

そして、短い悲鳴を上げた。

ほんの一瞬だったが、その木にはロープで首を吊った人の姿があったのだ。

以前から宮城県県民の森では、首つり自殺をした人がいたと噂されているそうだ。沙羅さんが見たものは、自殺した人の霊だったのかもしれない。

幼い子どもは、大人が見えないものを見るという話を聞く。もしかすると、すみれちゃんにはその姿がずっと見えていたのかもしれない。しかし、首を吊った人の姿をフィールドアスレチックの様子だと勘違いし、はしゃいでいたのではないか。沙羅さんはそう語った。

五　ループ

萬蔵稲荷神社（白石市）

福島県で飲食店を営む誠一さんは、定休日にのんびりとネットサーフィンを楽しんでいた。すると、ある美しい画像が誠一さんの目に留まった。

それは新緑の参道に無数の真っ赤な鳥居が続いている風景だ。赤と緑のコントラストが美しく、誠一さんは思わず感嘆の声を上げた。調べてみると、そこは白石市にある萬蔵稲荷神社の参道だった。

萬蔵稲荷神社は、商売繁盛や縁結びにご利益があるという。自分の店の商売繁盛を祈願したいと誠一さんは思った。

そしてもう一つ、インターネットに書き込まれていた不可解な話にも興味を持った。それは百基余りあるはずの鳥居が行きと帰りで数が変わるというものだった。

鳥居は震災で壊れてしまったり、新たに奉納されたりしているため、常に同じ数というわけではない。だが、参拝の往復で数が違うなどということは普通に考えてあり得ない。

誠一さんの自宅から萬蔵稲荷神社まで自動車で一時間弱。次の定休日に誠一さんは早速、出かけてみることにした。

萬蔵稲荷神社へ着くと、画像で見た通り、奉納された鳥居がずらりと並んでいる。誠一さんは鳥居を数えながら社殿を目指すことにした。

全ての鳥居をくぐり抜けると、境内には狛犬ならぬ「狛狐」が鎮座していた。片側は一匹の狛狐、もう片側は親子の狛狐で、親の方はニッと笑った顔をしている。誠一さんは、親の狛狐に妙に惹かれるものを感じた。

誠一さんは参拝を終えて、再び鳥居をくぐりながら、数が変わっていないか確かめることにした。すると、最後の鳥居に近づいた時、行きと数が違うことに気が付いた。一基多くなっていたのだ。

誠一さんは数え間違いかもしれないと思った。しかし、本当に数が変化していたのなら面白い。そこで、もう一往復歩いて、数え直してみることにした。

一基、二基、三基……と社殿へ向かって数えながら進むと、鳥居は一度目の行きと同じ数だった。

そして、いよいよ帰り道。誠一さんは、再び鳥居を数えながら歩いた。誠一さんが行きに数えた基数に近づいてきた。間もなく全て数え終わるはずだ。しかし、誠一さんの行く手には、まだまだ鳥居は残っている。

一度目の往復では一基違っていただけだった。だから、最後の一桁が一致すれば、十の位以上はおそらく勘違いだろうと考えることにした。そして、先に進んだ。

しかし、行けども行けども最後の鳥居は見えてこない。日も傾いてきた。

誠一さんは恐ろしいと思い始めた。どこまでも続く鳥居を眺めながら、ここから抜け出せるのだろうかと、不安になった。

その時だった。静かな参道に微かな音がした。そして、姿は見えないのに、誠一さんの前方から後方へ何かが通り過ぎる気配を感じた。

誠一さんは後ろを見た。すると少し先に犬の後姿が忽然と現れた。

走っていた犬は立ち止まると、後ろ脚を下げてやや体を起こして、誠一さんの方を振り返った。

誠一さんはその動物が犬ではないことに気が付いた。犬にしては、大きな尻尾と大きな耳を持っていたからだ。

「あっ、狐だ！」

誠一さんが大きな声を上げると、狐はニッと笑うかのように表情を崩した。そして、境内へと走り去って行った。

誠一さんは不思議な狐と遭遇して、うろたえた。そして、鳥居のループから抜け出せていない恐怖を感じながら、帰る方角へ向き直った。

すると、延々と続くと思っていた鳥居は、なんと最後の一基になっていた。

六

温麺ばっぱ（白石市）

大阪府在住の俊夫さん夫婦が、早春の東北地方を旅行している最中だった。その日は仙台藩の南の要衝と言われる「白石城」を観るために、東北本線白石駅へ降り立った。駅から白石城へは歩いて十分程度だ。

白石城への道すがら、俊夫さんは妻に「白石温麺《しらいしうーめん》」の話を始めた。温麺を食べさせる店の看板を見掛けたためだ。

俊夫さんは白石城を見学した後は、ぜひ温麺を味わってみたいと思った。しかし妻は、せっかくの旅行なのだから、もっと豪華なものが食べたいという。

俊夫さんが温麺を食べたいという主張を譲らずにいると、妻が温麺は素麺に温かいだし汁をかけたものだと説明し始めた。妻は子どもの頃にお母さんが作ってくれた、温かい素麺を温麺だと勘違いしていたのだ。妻は「素麺は真夏のもんや！　それも冷たくして食べるに限るわ」と締めくくり、俊夫さんの願いを却下した。

旅行中は天候に恵まれていたものの、まだ雪は残っている。歩く間も足元から冷えてきて、俊夫さんはやはり温麺の「温」の字に心惹かれた。そのため、「なぁ、なぁ、温麺にせえへんか」と食い下がった。

しかし、妻はどうしても温麺を食べるとは言わない。そのため、俊夫さんはとうとう言い放った。

「俺は今まで温麺を食べたことがないねん。それもこれも、お前が作ってくれへんかったからや！」

それを聞いて妻はカチンときたようだ。俊夫さんが定年退職して以来、朝昼晩と食事作りを休めないことが苦痛になっていたらしい。

「あんたはいつも作ってもらってばかりやろ。毎日、暇してんねんから、そのくらい自分でやらんかい！」と妻から怒鳴られてしまった。

そんなふうに喧嘩しながらも、二人は白石城に着いた。一九九五年に復元された天守閣の白さが地面に残る雪と見事に調和。俊夫さんはその美しさに思わずため息をついた。

俊夫さん達は天守閣に入った。その間も、妻は俊夫さんの少し後ろを黙って歩いた。俊夫さんは妻の機嫌を損ねてしまったことに後悔していて、声を掛けることができなかった。まだ寒い季節の平日で、他の観光客にも出会わないので、二人を包む空間の静けさが際立つ。

俊夫さんは天守閣から蔵王の山々を眺めて、妻より一足先に天守閣を出た。


城壁に囲まれた雪の残る道を歩いていた時だった。突然俊夫さんの視界に、誰かが丼をぬっと差し出してきた。俊夫さんは驚いて、危うくのけぞりそうになった。そのまま一歩後ろへ避けるような態勢になって、俊夫さんは丼を持った主に目をやった。

主の正体はお婆さんだった。お婆さんは少し腰が曲がっているうえに、両手を前に伸ばしているので、顔が俯いていて表情は見えない。だが、か細い声で俊夫さんにこう言った。

「食べてけさいん」

俊夫さんはお婆さんから丼によそった食べ物を勧められたのだった。とはいえ、いきなり知らないお婆さんから食べ物を受け取る気にはならない。そこが土産物屋の前などであったなら、宣伝用の試食だろうと思うところだが、そんな場所でもないのだ。

俊夫さんは「いらへんわ」と断った。だが、なおもお婆さんは勧めて来る。

「食べてけさいん」

俊夫さんがしつこいお婆さんから逃げようとした時、上目遣いのお婆さんの視線と合ってしまった。お婆さんの目は、白く光っているように見えた。すると突然、俊夫さんの足は動かなくなって、お婆さんの差し出す丼の中身から目が離せなくなった。

丼からは白い湯気が立っている。そしてその中にある麺を見て、俊夫さんは思った。

（これは温麺や……）

老婆が温麺が入った丼を俊夫さんに押し付けてきた、ちょうどその時「そんなとこで、なにしてんねん！」という妻の大きな声が聞こえてきて、はっとした。次の瞬間、お婆さんも温麺も消え失せてしまった。

呆然としている俊夫さんを見て、今度は妻の方から「やっぱりお昼は温麺にしよっか」と言い出した。

俊夫さんは、どういう風の吹き回しだと驚いた。しかし、俊夫さんは不気味な老婆に勧められたことから、もうすでに温麺を食べたいという気持ちを失っていた。

そこで、「温麺はやっぱりやめへんか。別のもんにしよ」と提案した。

すると、妻は「せっかく仲直りしようとして、折れてあげたのに！　なんでそんなにワガママばかりゆうんよ！」とヒステリックに怒鳴り始めた。
恐ろしい老婆を見たばかりの俊夫さんは、それを思い出させるような温麺を口にしたくなかった。しかし、今は老婆よりも妻の怒りの方がもっと恐ろしい。俊夫さんは仕方なく温麺を食べることにした。

それから二人は、本当の白石温麺を食べに行った。それは製法に油を使わないさっぱりとした短い麺で、素麺よりはやや太かった。素麺に温かいだし汁をかけただけのものとは全く違った味わいで「これがほんまの温麺かぁ。めっちゃ美味しいやん！」と妻はご機嫌でおかわりした。

七　空白　葛岡墓園（仙台市青葉区）

今から数年前、仙台市に住んでいた翼君は、同じ学校の友達を誘って肝試しをすることにした。場所は仙台市営の葛岡墓園だ。

肝試しといっても、当時は中学生だった翼君達の集合時間は十六時。夏場はまだ明るい時間だ。

葛岡墓園の入り口には、男子四人・女子三人が集まった。

この墓園には、塔の周りを反時計回りに五周回ると心霊現象が起こるという噂があった。そのため、男子と女子二人一組で、塔を回ってこようという話になった。それぞれ意中の相手と二人で行きたいという思惑があったのだ。

しかし残念なことに、翼君が好きだった女子は家庭の都合で参加していなかった。暗黙の了解で他の六人はペアになっている。仕方なく翼君は最後に一人で行くことになった。最初の一組が出かけると、残った仲間で「心霊現象って、なぬが起こるっちゃ?」と盛り上がった。

しかし、戻ってきた組は不思議なことは何も起こらなかったと笑っている。肝試しというよりは、楽しいデートのような感じだった。

そして最後に翼君が一人で出発した。自分だけが貧乏くじを引くことになり、肝試しの開催を提案したことを後悔し始めていた。

翼君が塔に着いた時、辺りが急に暗くなった。空を見上げると、真っ黒な雲が広がっている。すぐに雨がぽつぽつと降り出した。

翼君は急いで塔を回り始めた。一周、二周と回るうちに、雷の音も遠くから聞こえてきた。翼君は肝試しを中止して戻ろうかとも思ったが、言い出した自分がリタイヤすることはできない。

五周、回り終えた時だった。突然、大きな雷鳴が轟いた。驚いた翼君は身を縮め、目を固く閉じた。

(いぎなりでびっくりしたなぁ)

不思議なことではないが、雷鳴が起こったという妙な達成感を得て、皆の待つところへ戻って行った。

しかし、墓園の入り口には誰一人いなかった。急な雨で帰ってしまったのだろう。翼君は雨でずぶ濡れになった上に置き去りとは悪いことばかりだと、腹を立てながら自宅までの道のりを走って帰った。

自宅に着くと、時刻は二十二時を過ぎていた。時計も携帯電話も持っていなかった翼君は、それほど遅くなっているとは思わず、とても驚いた。両親からはこっぴどく叱られたという。

その後、翼君は友人になぜ待っていてくれなかったのかと電話をした。すると、翼君がなかなか戻ってこないので、皆で塔まで探しに行ったが、どこにもいなかったのだと返された。そして、友人からは「どこさいってだの？」と訳の分からないことを聞かれてしまった。

塔を五周回っただけなのに、いつの間にか四、五時間もの空白の時間ができていた。一体なぜなのか。翼君はいくら考えても分からないという。

後で友人から聞いた話によると、翼君以外の三組はなんとなく怖くなって、途中で塔を回るのを止めてしまったり、塔の近くでしばらく話をしただけだったり……。結局、誰も五周回ることはなかったのだそうだ。

八　声　その一　台原森林公園（仙台市青葉区）

六月の良く晴れた日だった。仙台市は最高気温が二十五度を超える夏日となった。その夜、専門学校生の梓さんは、彼氏に誘われてホタルを見に行くことにした。

街中に住んでいると、ホタルの青白い光など、なかなか見られないものだ。だが、仙台市の台原森林公園は市街地に近いにもかかわらず、夏にはホタルが飛ぶという。

浴衣を着た梓さんは、彼氏と手をつないで台原森林公園を歩いた。すっかり日が暮れて、辺りは暗い。所々にある照明を頼りに進んでいった。

まだ時期が早かったようで、ホタルの光はよく探さないと分からないほど、わずかだった。何日か先にはホタル祭りが催されるそうで、その頃にはたくさんのホタルが光を放ちながら飛び交うのだろう。だがそうなると、当然見物人も多くなる。ホタルの光がわずか

だったのは残念だ。だが、デートには人気のない暗い道を歩きながら、時折青白い光に気付くというのも趣があって良い。

　しばらくすると、梓さんは、行く手に一筋の光がゆらゆらと飛んでいくのを見つけた。

　ついホタルを追ってみたくなった梓さんは、握っていた彼氏の手を放し、ホタルを捕まえようと追いかけて行った。

　梓さんがホタルに追いつき手を伸ばした。だが、ホタルは梓さんの指と指の間を通り抜けて、すっと高いところへ飛んでしまった。

　梓さんはホタルの光を見失った。どこへ飛んだのか見回しても、もう何も見えない。ふと気付くと、その場所は不自然なほどの暗闇だった。

梓さんは彼氏のそばへ戻ろうと後ろを振り向いたが、そう遠くないはずの彼氏のシルエットさえ見えない。

梓さんは「どこさいんの？」と小さな声で彼氏を呼んでみた。

すると「こっつだ」と声がした。

梓さんは、ほっとして声がした方向へ両手を伸ばし、そろそろと進んだ。暗くて前が見えないだけでなく、履きなれない下駄の鼻緒に足が痛み出して、思うように進めない。

ところが、今度は梓さんの背後から「そっつでねぇ」と呼ぶ声がした。

梓さんは声の方向を聞き間違えたのだと思い、くるりと向きを変えて歩き出した。

しかしまた「そっつでねぇ！」といくらか

怒った声がした。梓さんが勝手に手を放して、彼氏は怒っているのかもしれないと、慌てて反対方向へ行く。

だが慌てる梓さんを翻弄するように「つがう」「こっつだ！」と多方向から同時にいくつもの呼び声が聞こえてきたのだ。

真っ暗な中で、どちらへ進んだら良いか分からなくなった梓さんは、とうとうパニックに陥った。同時に下駄の歯が何かに当たり、バランスを崩すと地面に膝をついた。それでも、怒った声は「こっちゃ来い！」と呼んでいる。梓さんは泣きたい気持ちで、両耳を押さえ、目を固く閉じると「やめでー！」と叫んだ。

次の瞬間、梓さんの声を聞きつけた彼氏が、座り込んでいる梓さんの肩を抱いた。梓さんが目を開けると、心配そうに覗き込む彼氏の顔が見えた。辺りは公園の照明に照らされていて、真っ暗闇ではなくなっていた。

梓さんは手の込んだ彼氏のいたずらかと疑ったが、彼氏によると、その公園では彼女と同じような体験をしたという噂があるのだそうだ。

不可解な何かが、訪れる人達を、からかって楽しんでいるのかもしれない。

九　ご利益

三居沢不動尊（仙台市青葉区）

仙台市には、伊達政宗公を祀る「青葉神社」、仙台藩第二代藩主である伊達忠宗公が創建した「仙台東照宮」など、パワースポットと呼ばれているところがいくつもある。

仙台市の会社員・恵美さんと同僚の妙子さんは、休日になるたびに地元のパワースポットに出掛けていた。恵美さんは金運、妙子さんは恋愛運の上昇を期待してのことだった。

秋も深まった、ある快晴の日。二人はランチを楽しんだ後、仙台市中心部からほど近いパワースポット「三居沢不動尊」を参拝することにした。

ところが、ランチの後のお茶で、ついついおしゃべりが長引いた。そのため、三居沢不動尊へ着いた時には午後四時を回ってしまった。

三居沢不動尊は、干ばつや洪水、疫病の悩みにご利益がある。そのため、二人の願いを叶えるところではないのだが、境内の奥にある大滝を拝むと、清々しい気持ちになった。聞くところによると、大滝は古くから信仰を集め、修験者が滝に打たれて修行を行っていた場所だという。

次第に辺りが薄暗くなりはじめ、他に参拝の人もいなくなった。

二人は黙って滝の音だけをしばらく聞いていた。恵美さんは、何か良いことが起こりそうだと思った。

境内の正面に戻ると、手水舎に下がっている手ぬぐいが恵美さんの視界に入った。風もないのにゆらゆらと揺れる手ぬぐいを見て、恵美さんの足が止まった。この場所が心霊スポットとしても有名な場所であることを思い出したのだ。

恵美さんはぞっとして、急いで帰ろうと足を早めた。

しかし、何も知らない妙子さんは不思議に思って手水舎へと近付いて行った。恵美さんが止める間もなく、妙子さんは揺れる手ぬぐいに触れたのだ。

その数秒後、妙子さんは「きゃ！」と悲鳴を上げながら駆け戻って来た。聞くと、何かが妙子さんの太ももやお尻を触ったという。

それを聞いた恵美さんは恐ろしくなって、妙子さんの手を引くと急いで境内から走り去った。

しばらくして歩を緩めた恵美さんは、妙子さんに走り出した理由を説明した。三居沢不動尊では水子の供養が行われている。その水子の霊が手ぬぐいを揺らすといわれているのだ。もしかすると、妙子さんを触ったのは霊だったのかもしれない。

二人はせっかくパワーをいただいたと思っていたのに、とんでもないことになってしまったと肩を落とした。


そこで、二人は験直しに居酒屋へ寄ることにした。

端麗辛口な宮城の地酒に、旬を迎えた金華サバの炭火焼き、生牡蠣、牛タン焼き。二人は大好きな日本酒とおいしい肴で、すっかり明るい気分を取り戻した。ところが、再びぞっとすることが起きた。

妙子さんがお手洗いに行こうと、黒のトートバッグを取り出した。と同時に悲鳴を上げた。黒のトートバッグの側面に、小さな手形のようなものがいくつも付いていたのだ。

二人は息を飲んでトートバッグを見つめた。

だが、恐怖もしばらくすると治まった。それは、恵美さんがこんな話をしたからだ。

水子の霊は両親を欲しがっている。そのため霊に憑かれた女性は、霊の力で男性との付き合いが派手になるという。だから、恋愛運に恵まれたい妙子さんにとっては悪いことではない。逆に、三居沢不動尊でパワーをもらったのかもしれない、と。

十

嫉妬

縛り地蔵（仙台市青葉区）

美穂子さんには、真一さんという婚約者がいる。真一さんは見た目も性格も良く、誰からも好かれる男性である。

そんな真一さんに愛されている美穂子さんだが、次第に自分に自信が持てなくなっていった。というのも、仕事で大きなミスをしてから、職場内の人間関係がぎくしゃくしてしまい、自分の性格に何か問題があるのではないかと思っていたからだ。

いつしか美穂子さんは、自分は真一さんにふさわしくない女性かもしれないと考えるようになった。

ある日、真一さんから仕事を理由に、ドライブデートの約束をキャンセルされてしまった。それをきっかけに、美穂子さんは真一さんが結婚を躊躇《ちゅうちょ》しているのではないかと、疑うようになった。

真一さんが見慣れないネクタイを締めていると女性からプレゼントされたものではないかと疑ったり、デートを早めに切り上げられると、これから誰かとデートなのかもしれないと心配した。美穂子さんは、真一さんに自分以外の好きな女性がいるのかもしれないと考え始めたのだ。

だが、姉に相談しても、考えすぎだと笑われた。美穂子さんも真一さんが誠実な男性であることは信じている。しかし、心配で仕方ないのだ。

美穂子さんは、これは自分の心の中の問題だと思った。二人の関係は何も変わっていないのだから、余計な心配は捨て去ろうと考えた。だが、美穂子さんの心は乱れ続け、嫉妬心を抑えることはできなかった。

そんな時、美穂子さんは「縛り地蔵」のことを知った。この地蔵は江戸時代前期、仙台藩で起こった伊達家のお家騒動で深い恨みを残して処刑された藩士・伊東七十郎を供養するために建立されたものだという。

縛り地蔵は一風変わっていて、なんと荒縄で体全体をぐるぐると縛られている。というのも、この地蔵を縛って願掛けをすると、ありとあらゆる悩みや苦しみから解放されるといわれているからだ。

そのため、美穂子さんは願掛けのために、仕事帰りに縛り地蔵へ通うことにした。嫉妬で苦しむ心から逃れたかったからだ。

ある夜、美穂子さんはいつものように縛り地蔵の前で両手を合わせて祈っていた。ゆっくりと時間をかけて、波立つ自分の心を落ち着かせた。

そして、立ち去ろうと向きを変えて歩き出した時だった。一人の女性が近づいてくるのが見えた。美穂子さんは長々と願掛けしていたのを見られていたのではないかと思い、気恥ずかしくなった。そして、思わず下を向いた。

だが、すれ違う瞬間、ちらりと女性の顔を盗み見た。一瞬だったため、はっきりとは分からなかったが、女性はなんとなく美穂子さんに似ていた。

その夜からだった。美穂子さんに不思議なことが起こり始めた。就寝中にリアルな夢を見るのだ。

夢の中で美穂子さんはいつも真一さんの部屋にいた。そして、ベッドライトの小さな灯り越しに、一人で眠っている真一さんを確認して安心するのだ。

だが、次の瞬間、これは夢の中の出来事なのだから現実はどうか分からないと考えて目が覚める。途端に、美穂子さんは真一さんに他の女性がいるのではないかと心配になってしまうのだ。

美穂子さんは願掛けのご利益が全くないことにため息をついた。その一方で、こんなに苦しい思いを抱えているぐらいだったら、真一さんに直接問いただせたら良いのに……とも思うのだ。

しかし、尋ねたら最後、真一さんを失いそうな気がして、美穂子さんには怖くて何もできなかった。


その数週間後、美穂子さんは真一さんの部屋に泊まった。真一さんの仕事が忙しい日々が続いていたため、ゆっくりと二人で過ごすのは久しぶりだった。美穂子さんは、真一さんの隣で安心して深い眠りについた。

美穂子さんは、また夢を見た。夢の内容はいつもと同じだ。

夢の中で、美穂子さんはこっそりと真一さんの部屋へ入った。そして、一人で眠る真一さんを眺めて安心しようとベッドへ近づいた。

しかし、真一さんの隣には女がいた。美穂子さんは愕然とした。真一さんの裏切りに声を押し殺して泣いた。

しばらくして、美穂子さんは、これはいつもの自分の夢なのだと思った。現実は違うはずだ。しかし、涙が止まらない。泣きながら、美穂子さんは隣で眠る女の顔を見た。そして、悲鳴を上げた。小さな灯りに浮かんで見えたのは、自分自身だったのだ。

その時、真一さんが目を覚ました。立ちつくす美穂子さんと目が合うと、真一さんは驚きの声を上げた。

次の瞬間、美穂子さんは真一さんの隣で目が覚めた。

真一さんはひどく興奮していて、美穂子さんにそっくりな女性がベッドを覗き込むように立っていた。そして、すぐに姿を消したと話し始めた。

それを聞いて、美穂子さんは気が付いた。これまで夢だと思っていたが、実は生霊となって真一さんの寝姿を窺《うかが》っていたのかもしれない。そして、もしかしたら、縛り地蔵が美穂子さんの悩みを取り除くために、自分の目で真一さんが誠実であることを確かめさせてくれていたのではないだろうか、と。

十一　相違　旗立トンネル（仙台市太白区）

かつて仙台市に所在した秋保電気鉄道。仙台市の長町から秋保温泉までをつないでいたが、一九六一年に全線を廃止したという。

今から二十数年前の夏のことである。暇を持て余していた大学生の雅人さんは、幼馴染の隆さんを誘って、秋保電気鉄道の廃線跡にある旗立トンネルを歩くことにした。

実は、このトンネルには幽霊が出るという噂が絶えなかった。そのため、怪談好きの雅人さんは、前から一度訪ねてみたいと思っていたのだった。

昼間だというのにトンネルの中は薄暗かった。道もでこぼこしていて歩きづらい。いかにも何かが出てきそうな雰囲気だ。これなら霊現象を体験できるかもしれないと、二人は期待しながら、じょじょに前へと進んでいった。

しかし、何も起こらない。

もうすぐ出口というところで、雅人さんは笑いながら「噂だったたっちゃ」と隆さんに話しかけた。

と次の瞬間、出口の辺りで何かが揺れ動いているのが見えた。雅人さんは霊かと思い、前に進む足を止めて身構えた。

しかし、よく目を凝らして見ると、小学生くらいの子どものようだ。地元の子どもが通り道に使っているのだろうか。

子どもの影は「おばんでがす」と二人に挨拶して、こちらに向かってきた。その元気な声に、雅人さんはやはり霊ではなかったかとがっかりしながらも、ほっとした。そして、子どもに挨拶を返そうとした。

ところが、隆さんが急に叫び声を上げた。

「あぶね！」

そして、トンネルの壁に身を寄せた。

しかし、雅人さんの目には子どもの影しか見えない。隆さんが一体何に血相を変えて慌てているのか、さっぱり分からない。

雅人さんは「なじょした？」と隆さんに理由を尋ねた。すると、隆さんは「前《めえ》を電車が走ったっちゃ」と震えながら教えてくれた。

しかし、廃線跡に電車など通るわけがない。ということは、隆さんが見たのはお化け電車ということになる。

雅人さんが「子どもが通っただけだっちゃ」と言うと、隆さんからは「子どももなんかいねっちゃ」と否定された。二人が大騒ぎしている間に、子どもの影も消えていた。

どうやら二人は別々の、得体の知れない何かを見てしまったらしい。

十二　徘徊　秋保大滝（仙台市太白区）

宮城を一人旅していた豊さん。仙台城跡から杜の都を一望したり、牛タン定食を味わったり、松島から遊覧船に乗ったりして、観光を楽しんだ。それでもまだ時間がある。せっかくだから、もう一つ観光スポットを回ることにした。行き先は秋保大滝だ。

というのも、職場の上司が前に家族で出かけた際、とても美しかったと語っていたことを思い出したからだ。

豊さんは秋保大滝に向かって自動車を走らせた。到着したのは夕刻。幸い駐車場には空きがあった。

秋から冬へと移り変わる季節だけあって、すでに滝つぼへ降りる遊歩道は薄暗かった。

天気が悪かったことも影響しているのかもしれない。

それでも豊さんは滝つぼから見上げる景色を堪能。自然を全身に感じ、リフレッシュした。そして、今度は降りてきた遊歩道をのぼり始めた。すると、中年男性が降りてくるのが見えてきた。

男性は豊さんとすれ違う際、「ここ降りっと、どこさ着ぐのっしゃ？」と聞いてきた。豊さんは「滝の近くですよ。暗くなってきたので注意して」と返事をして別れた。


しばらくすると、今度は若い女性が降りてきた。その女性は豊さんに「さっき青白いしかり（光）のようなもんと話すしてながったすか？」と声を掛けてきた。

豊さんは「男の人に道を聞かれただけで、青白い光など見ていませんよ」と答えた。そして、豊さんはその時のことを確認するかのように、自然と男性と話していた方向に目を向けた。

と同時に「あれ？」と豊さんは疑問に思った。というのも、道の曲がり具合と木々が邪魔をして、豊さんと男性が話しているところが見えるとは思えないからだ。

不審に思う豊さんをよそに、その女性は饒舌に語り始めた。

秋保大滝は自殺した人が多い。霊となった彼らの中には、あてもなく遊歩道を徘徊している者もいるのだ、と。

女性は話している間、なぜかうれしそうに笑っていた。豊さんは荒唐無稽な作り話を喜々として語る女性にぞっとした。そして、女性の話には何も答えず、その場から逃げるように遊歩道を再びのぼり始めた。

数歩進んだところで、豊さんは女性が自分の後をつけてこないか気になった。豊さんにとっては、いるかいないか分からない霊の存在よりも、不気味な女性の方が怖かったのだ。

そして、恐る恐る振り返った。

しかし、そこには女性の姿はなかった。その代わりに、ぼんやりとした赤い光が見えた。

その光は、ゆらゆらと揺れながら遊歩道を降りて行った。

十三　芋煮会（仙台市）

数年前、朝子さんが体験した芋煮会での出来事である。

お父さんである正さんが八十歳を超えたある日、突然「仙台の芋煮会に行きたい」と言い出した。

正さんも朝子さんも東京生まれの東京育ちである。

しかし、仙台市に遠い親戚がいた。そのため、太平洋戦争中、子どもだった正さんは親戚を頼って仙台に疎開したことがあった。正さんにとっては懐かしい場所だったのだ。

朝子さんは正さんの望みを叶えてあげたいと思い、仙台市に住む親戚に芋煮会がある日を聞いて、参加させてもらえるように頼んだ。

秋晴れの仙台市内のキャンプ場で、芋煮会は行われた。

仙台の芋煮はみそ味で、里芋と豚肉がたっぷり入っている。他の地域の感覚でいうと豚汁に近い。

親戚が用意してくれたキャンピングチェアに腰掛けて、正さんはうれしそうに芋煮を味わっていた。

朝子さんは、いつの間にか、正さんの隣に小学生くらいの少年がいるのに気付いた。ブルーシートに座り込んで、芋煮をガツガツと頬張っている。

正さんも少年に気付いて、キャンピングチェアから見下ろしながら「うまいなぁ！」などと声をかけていた。少年も笑顔で頷いている。朝子さんは二人の様子を微笑ましく見ていた。

しばらくすると、少年はお代わりをもらうために、芋煮の鍋に近付いて行った。朝子さんが見るとはなしに見ていると、鍋にたどり着いたと同時に少年はスッと消えてしまった。

子どものことだから突然走り出してその場を離れたのかもしれない。だが、少年が消えた瞬間、芋煮の鍋がひときわ激しく湯気を立てたような気がしたと、朝子さんは語る。

少年はそれきり、正さんの隣へは戻ってこなかった。

芋煮会が終わった。参加した家族がそれぞれの自動車で帰る前に、挨拶を交わした。朝子さんは先ほどの少年を探した。しかし、どこにもいない。参加者に尋ねても、誰も知らないという。

朝子さんは「他所のグループの子が、ちゃっかり紛れ込んでいたみたいね」と正さんに笑いながら話しかけた。すると、正さんは急に顔色を悪くして黙り込んだ。そんな正さんの様子を見て、久しぶりの遠出で疲れたのだろうと、朝子さんは思ったそうだ。

朝子さんと正さんは、親戚に見送られ、東京に向かう東北新幹線へ乗り込んだ。座席に座り、黙って目をつぶっていた正さんだったが、しばらくするとこんな話をしてくれた。

戦時中に仙台市への疎開が決まって、正さんは親友に「仙台では芋煮会がある」と自慢したそうだ。正さんにしてみれば、親友と離れる寂しい気持ちを振り払うように、わざと楽しい話をしたのかもしれない。とはいえ、食料が乏しかった時代、子どもにとって芋煮の話はとてもうらやましかったに違いない。

しかし、戦時中はどこの地域も余裕はなかったので、正さんも疎開先で芋煮を食べることはできなかった。

その後しばらくして、親友は亡くなった。芋煮自慢が親友との最後の会話になってしまったそうだ。それが忘れられず、正さんは戦後になっても芋煮を食べることができなかった。芋煮を見ると、親友の羨まし気な、それでいて悲し気な顔を思い出し、胸が締め付けられるような思いがしたからだ。

そこまで聞いて、朝子さんは全身に鳥肌が立った。

「もしかして、隣にいたあの子……」

朝子さんがそう言うと、正さんは「似ていたな」と少しうれしそうにつぶやいた。

そういえば、丸坊主で白シャツに半ズボン姿の少年は、今時の子どもらしくなかったと、朝子さんは思った。それにしても、果たしてそんなことがあるのだろうか。朝子さんは恐ろしくなった。だが、正さんは満足そうにしていたそうだ。

その芋煮会から半年後、正さんは他界した。正さんが突然芋煮を食べたいと言い出した

のは、あの世で親友に芋煮は美味しかったか、伝えなくては……と思ったからかもしれない。でも、一緒に食べることができたのだから、それ以上のことはないと朝子さんは思ったそうだ。

十四　立往生　八乙女駅近くの交差点（仙台市泉区）

深夜、激しい雨が降る中、友里恵さんは一人自動車を走らせていた。取引先でミスをした後輩のサポートをしていたら、すっかり遅くなってしまったのだ。

八乙女駅近くの交差点に差し掛かったところで、信号が赤に変わった。友里恵さんは自動車を停車させた。

ようやく信号が青に変わった。友里恵さんは自動車を発進させようとした。すると、ヘッドライトの光の先に信号を無視して横切る人の姿が見えた。

友里恵さんは慌ててブレーキを踏んだ。頭まですっぽりと被った黒い雨合羽《あまがっぱ》で顔はよく分からないが、腰を曲げてゆるゆると歩く姿から察すると、どうやら老人らしい。仕方なく友里恵さんは老人が通り過ぎるのを待った。

しかし、その歩みはあまりにも遅く、老人が自動車の前から消えた頃には友里恵さん側の信号は再び赤に変わってしまった。

友里恵さんは（はやぐ、家さけって休みでなぁ）とイライラしながら、信号が青に変わるのを待った。そして、ようやく青に変わったと思ったらすぐにまた、老人が信号を無視して友里恵さんの自動車の前を歩いてくる。黒い雨合羽姿で腰を曲げてゆるゆると歩く老人は、どう考えてもさきほどと同じ人物だ。

友里恵さんは呆然とした。そして、老人が通りすぎるのを待っているうちに、信号はまた赤に変わってしまった。

友里恵さんは赤信号の間、また老人が現れたらどうしようと不安になった。その不安は的中した。再び青信号になった時、また老人が現れたのだ。

友里恵さんは、歩く老人を見ながら、あれは人ではない何かなのかもしれないと考えた。そうしているうちに、信号はまた赤に変わった。

友里恵さんは（このまんまじゃいげねぇなぁ。赤だどもいぐべ）と思った。しかし、辺りは暗い上に雨で視界が良くない。万が一事故でも起こしたら大変なことになる。

その時、後ろからクラクションを鳴らされた。友里恵さんがバックミラーで後方を確認すると、ヘッドランプをハイビームで照らした軽トラックだった。

友里恵さんが前方に目を戻すと、目の前の信号はすでに青になっていた。老人の姿は見えない。友里恵さんはほっとして自動車を発進させた。

すると、後ろにいた軽トラックが猛スピードで友里恵さんの車を追い越そうとしてきた。追い抜かれる瞬間、友里恵さんはちらっと軽トラックを見た。そして、愕然とした。なぜか車内灯が照らされていて、運転席には誰も座っていなかったのだ。

友里恵さんは気持ちを落ち着かせるために自動車を路肩に寄せて停車させた。そして、前方を見た。だが、追い越して行ったはずの軽トラックは、どこにも見えなかった。

十五　首切り役人　七北田刑場跡（仙台市泉区）

洋一さんは仙台市で営業の仕事をしている。いつもは自動車で顧客回りをしているのだが、その日は会社の自動車が全て出払っていた。そのため、洋一さんはある顧客の元へ地下鉄で向かうことにした。

顧客の最寄り駅である地下鉄南北線八乙女駅に降りたところで、スマホが鳴った。洋一さんは嫌な予感がした。というのも、その顧客は時間にルーズで、これまでにもたびたび直前になって約束の日時を変更させられていたからだ。案の定、例の顧客からの電話で約束の時間を一時間遅らせてほしいという。

仕方なく洋一さんは駅周辺を散歩することにした。少し歩くと階段があり、その頭上に

「七北田刑場跡」という案内板が見えた。仙台藩の刑場跡で、百姓や町人などの罪人が斬首や磔《はりつけ》、火焙《ひあぶり》によって処刑されたという。その数は五千三百人とも七千人ほどともいわれている。

洋一さんはなぜか興味を惹かれ、階段を上がり、刑場跡に行ってみることにした。

敷地内には地蔵や供養塔が立ち並んでいた。洋一さんは一体の地蔵の前でそっと手を合わせた。

すると、急に目がくらみ、倒れそうになった。今まで眩暈《めまい》を起こしたことなどなかったのに……。

洋一さんは身体を休めるために敷地内にあった柵の隅に腰かけることにした。少しの間だけ座って休むつもりでいたが、なぜかそのまま寝てしまったらしい。

どれぐらい時間が経っただろうか、誰かが洋一さんの背中を押した。

洋一さんは前のめりに転ぶと、両手、両膝を地面につき、ハッと目を覚ました。

（いぎなり誰だっちゃ？）

洋一さんが振り返ると、汚れた袴の裾が見えた。

洋一さんはじょじょに視線を上げていった。袴の主は厳めしい形相の男だった。男は手に刀を持っていた。そして、その刀を振り上げてきたのだ。いまにも洋一さんめがけて、刀が振り下ろされそうな感じだった。

洋一さんは訳が分からず、そのまま二、三歩這って前へ逃げると、何とか立ち上がって、刑場跡を走り出た。

そして入口から振り返ったが、刑場跡から誰かが追いかけてくるような様子はない。木々が生い茂る向こうに、地蔵が見えるだけだった。

洋一さんはほっとして、そのまま気を落ち着かせようとゆっくりと歩き出した。

（霊でも見だのがなぁ）

処刑された罪人がいるということは、処刑した役人もいたはずだ。さぞかし嫌な仕事だったことだろう。刑場跡には処刑された罪人の遺恨だけでなく、処刑を行った役人の苦悩も染みついているのかもしれない。

洋一さんは、首切り役人の仕事に比べれば、顧客の気まぐれに振り回されているぐらい何でもないと思ったそうだ。

十六

すずめ踊り

夏まつり仙台すずめ踊り（仙台市宮城野区）

「すずめ踊り」は、杜の都である仙台伝統の舞。軽快なお囃子《はやし》に合わせて、両手に持った鮮やかな色の扇子を振りながら、まるですずめのようにぴょんぴょんと跳ね踊るのが特徴だ。このすずめ踊りは、五月の「仙台・青葉まつり」や七月の「夏まつり仙台すずめ踊り」などで披露される。

市内に住む直子さんは、「夏まつり仙台すずめ踊り」に特別な思い出があるという。

以前直子さんと同じマンションに、転勤で仙台へ移り住んだ夫婦がいた。妻の千里さんとは同世代。しかも、お互いに子どもがいないという共通点もあって、仲良くしていた。

千里さん夫婦が引っ越してきたその年の夏、直子さんは「夏まつり仙台すずめ踊り」に誘った。

すずめ踊りには、祭連《まづら》と呼ばれる踊りのグループを作って参加する。千里さんの出身地でも、連《れん》というグループを作って踊る祭りがあったという。千里さん達も毎年、連ごとに衣装を工夫して踊り、盛り上がっていたそうだ。しかし千里さんの出身地の踊りは、踊り手のみが舞うことを楽しむというものだった。それに比べてすずめ踊りは、観ても楽しく美しいと、千里さんは興奮気味に語った。まさしく伊達の地にふさわしいものだ、と。

「私も踊りたい」と千里さんは言い出した。そこで、直子さんは知り合いの祭連を紹介する約束をした。直子さんのその言葉に、千里さんはとてもうれしそうな笑顔を見せたという。

ところが、千里さんのお母さんが病気で倒れた。千里さんは急遽、看病のために故郷に帰ることになってしまった。しかし、千里さんの夫は仕事で仙台に一人残っている。そのため、千里さんも看病が済んだら仙台に戻って祭連に参加したいと話していたそうだ。そして、看病の間も動画などを見ては熱心に練習していたらしい。

それから一年後、直子さんは、千里さんから仙台へ戻るとの連絡を受けた。お母さんの病状がやっと落ち着いたのだという。

だが、不幸なことに千里さんは自動車を運転している途中、事故に巻き込まれて命を落としてしまったのだ。

千里さんが亡くなって、初めて迎えた「夏まつり仙台すずめ踊り」。直子さんは踊りを観ながら千里さんを思わずにはいられなかった。皆が楽しむ中、つい涙が流れてしまう。

最終日の夜、路上で大流しが始まった。

直子さんが千里さんを紹介しようとしていた祭連の中に、千里さんとよく似た人を見つけた。

揃いの衣装を着て、祭りらしい化粧をしていても、どう見ても千里さんに見える。だが、そんなことがあるはずがない。

目を離せずにいると、千里さんの隣にいた人が、はずみでバランスを崩した。しかし、その人は千里さんにぶつかるかと思った瞬間、千里さんの体を通り抜けて路面に転んでしまった。

直子さんは、一瞬息を飲んで凍りついた。そして、千里さんではないかという疑いが確信へと変わった。

すずめ踊り

その後も直子さんは千里さんの姿を目で追った。千里さんは相変わらず一心に踊っている。だが、その姿は時折、消えたり、半透明になったりした。

直子さんは恐ろしさを超えて、涙があふれ出た。

(千里ちゃんも踊りだかったんだべなぁ)

それ以降直子さんは、「夏まつり仙台すずめ踊り」の季節になると、祭連の中に千里さんの姿を探すのだが、再び見ることはなかったそうだ。

十七　母娘　与兵衛沼（仙台市宮城野区）

十二月のとある休日。結婚を機に千葉県から仙台市に移り住んだばかりの美冬さんは、夫と二人で「与兵衛沼」に、白鳥を観に出掛けることにした。

市街地にありながら、濃い緑に包まれている与兵衛沼は、毎年冬の時期になると、野生の白鳥達が飛来するという。

美冬さんはバードウオッチングをするのは初めてだったが、すっかり白鳥観察が気に入ってしまった。その後も一人で与兵衛沼に出かけては白鳥達を眺めていたそうだ。

そして、年が明けて立春を過ぎた。春が近づき、そろそろ白鳥が寒い地域へ旅立つ時期も近付いてきた。次の冬まで白鳥を観ることができなくなる。そう思った美冬さんは居ても経ってもいられなくなって、有休休暇を取って一人で与兵衛沼に出かけることにした。

平日のせいか、与兵衛沼には人影もなく、美冬さんはのんびりと白鳥達を眺めて過ごすことができた。人懐っこい白鳥達は水面を滑るようにして、美冬さんの近くまで寄ってくる。

美冬さんが可愛いなと思って眺めていたら、急に白鳥達が美冬さんのそばから離れ出した。

美冬さんは不思議に思って、周りを見渡した。すると、五メートルほど離れた水辺に、一組の母娘が佇んでいるのが目に入った。母娘も白鳥を観に来たのだろう。白鳥がまた近づいてくれたら、母親に手を引かれた幼い女の子も喜ぶだろうにと、美冬さんは思った。

「コオー、コオー」と白鳥達が大きな声で鳴き出した。美冬さんは再び沼へと視線を向けた。すると、白鳥達は一斉に首を上下に動かす仕草を始めた。

美冬さんはふと隣に人の気配を感じた。さきほどの母娘が音もなく近づき、美冬さんのすぐそばに立っていたのだ。しかも、母娘はずぶ濡れであった。さっきまで濡れてなどいなかったのに……。

心配になった美冬さんは、思わず「大丈夫ですか？」と声をかけた。

すると、俯いていた母娘は揃ってゆっくりと顔を上げた。二人とも真っ青な顔をしていた。美冬さんは咄嗟にその場から逃げ出したい思いに駆られてしまった。

その瞬間、白鳥達も美冬さんの気持ちに同調したかのように、一斉に水面を蹴り、次から次に空へと羽ばたいていった。

そんな白鳥達の動きに、美冬さんは数秒間、気を取られた。しかし、すぐにまたずぶ濡れの母娘が気になり、再び隣を見た。しかし、そこにはもう母娘の姿はなかった。


後日、美冬さんは与兵衛沼には幽霊が出るという話を聞いた。与兵衛沼の幽霊の話は、古くからいくつも存在するのだという。

もしもずぶ濡れの母娘が噂の霊だとしたら、白鳥達は野生の勘で、人ではない〝何か〟だと察知して警戒したのかもしれないと美冬さんは考えた。

十八　足音　苦竹インターチェンジ付近（仙台市宮城野区）

数年前、久美子さんは苦竹インターチェンジ近くにある会社に勤めていた。その頃、一度だけ怪異体験をしたことがあるという。久美子さんは恐ろしくて、今まで同僚はもちろんのこと、友人にも話すことができなかったそうだ。

だが、最近になって、ネットで同じ場所で似たような体験をした人がいると知り、久美子さんは語る気持ちになったという。

当時、久美子さんが働いていた会社では、大事なイベントを控えて残業が続いていた。その日も仕事が遅くまでかかりそうだったので、久美子さんが全員分の夜食を買ってくることになった。

久美子さんは事務作業で一日中座りっぱなしだった。そのため、身体を動かしたいと、自動車を使わずに歩いて行くことにしたそうだ。

買い出しを終えた帰り道、久美子さんは苦竹インターチェンジ付近にあるトンネルに差しかかった。このトンネルは歩行者用で距離も短い。

久美子さんがトンネルの中を歩き出すと、どこからともなく足音が聞こえてきた。久美子さんの前方に歩行者は一人もいなかった。そのため、後方を歩いている人がいるのだろうと思ったという。

何気なく久美子さんは振り返った。そして、驚いた。なんと後ろにも歩行者はいなかったのだ。

しかし、聞こえてくるのは確かに足音だ。勘違いではない。

では、この足音はいったいどこから聞こえてくるのだろうか？　久美子さんは気味が悪くなって、足を速めた。

すると、今度は前方から姿は見えないのに誰かが走って来るような気配を感じた。久美子さんは思わず足を止めた。

その時、微かに人の声が聞こえてきた。久美子さんはトンネルの中を見回し、声の主を探した。

だが、姿は見えないし、声もハッキリとは聞こえてこない。

しばらくすると、男とも女とも分からないような、しゃがれた声の発する言葉が、久美子さんの耳に届いた。

「助けて、けさいん……」

久美子さんは、正体不明の足音と声をかき消すぐらいの大きな悲鳴を思い切り上げながら、全速力で会社へ戻ったそうだ。

十九　こけし塔（仙台市青葉区）

二〇一五年の秋、同じ大学に通う千穂さんと敦子さんが仙台市内を旅していた時のことだった。

夜行バスで新宿から仙台に向かった千穂さん達。車内ではよく眠れたこともあり、早朝から松島方面を観光して回った。遊覧船に乗ったり、瑞巌寺を参拝したり、千穂さん達は松島の魅力を堪能した。

夕方になり、千穂さん達は宿泊予定のホテルがある仙台駅前に戻った。だが、まだ時間はあるので、欲張ってもう少し観光しようということになった。

千穂さんが「バスでどこかへ行ってみようよ」と言い出し、バスの案内所を訪ねた。すると、係員から仙台城跡をはじめ、市内の主な観光ポイントを循環する「るーぷる仙台」

というバスがあることを教えてもらった。復古調な外観のバスで、観光客には人気があるらしい。乗り場も案内所のすぐ目の前にあり、そろそろ出発する時間だという。千穂さん達は急いで「るーぷる仙台」に飛び乗った。

観光シーズンでもなかったためか、バスにはほとんど乗客はいなかった。

千穂さん達はバスの最後尾に腰掛けた。そして、「ずっとバスに乗ったまま、夕暮れ時の仙台市内を観ているだけでも楽しいよね」「うん、明日の観光の下見にもなるし」などと話し合った。

四十分くらい経った頃、初老の男性が乗車してきた。男性はバスの出入り口側に腰かけた。膝の上には宮城県のガイドブックを四、五冊も乗せている。

人懐っこい千穂さんは、その男性に声を掛けた。

「観光ですか？　どこかおすすめはありますか？」

すると初老の男性は、窓の外を指差して言った。

「次で降りなさい。面白いものがありますよ」

千穂さんが外を見ると、木が茂る隙間から何やら塔のようなものが建っているのが見えた。

（あれは、いったい、何だろう？）と千穂さんが考えていると、男性が勝手に降車ボタンを押してしまった。

バスが停留所に停まった。そして、男性が「降りなさい」と急き立てるように千穂さんに向かって手を振ってきた。

千穂さんは男性の強引さに驚きながらも、降りなくてはいけない雰囲気を感じて、敦子さんの手を引いてバスを降りた。

敦子さんは驚いた顔で「どこへ行くの？」と聞いてきた。

千穂さんは「塔のようなものを観るように勧められたの」と答えながら、バスで通った道を戻り始めた。

男性が指差した場所へ着くと、そこは公園だった。そして、木々の隙間から見えた塔の正体が分かった。

それは巨大なこけしだった。案内板によると、こけしの高さは七・四メートルで、台座を含めると十メートル近くもあるという。

しかし、こけしは巨大ではあるが、下がった眉に小さな目、そしておちょぼ口の愛らしい顔をしていた。

千穂さん達はこけしを見上げながら、「すごいよね、このこけし」「来て良かったね」などとはしゃいだ。

千穂さんはバッグからデジカメを取り出し、こけしに向けてシャッターを切った。そして、すぐに画像を確認した。ところが、なぜか画像は真っ黒で何も写っていなかった。暗かったせいかもしれないと思った。しかし、夕方とはいえ、全く写らないほどの暗さではないはずだ。

千穂さんはもう一度、撮影して、画像を確認した。今度はちゃんと写っていた。しかし、こけしの顔がなかった。

千穂さんは驚いて、再び画像をよく見てみた。すると、こけしの顔がなくなっているわけではないことが分かった。雲のようなものがこけしの顔の辺りを覆い隠していただけだったのだ。

しかし、そんな不思議な雲があるだろうか。千穂さんは顔を上げてこけしを見たが、どこにも雲は存在しなかった。

千穂さんは「これじゃ、意味ないよね」と言って、画像を削除した。そして、再度、デジカメを構えた。

すると、突然、激しく雪が降り始めた。千穂さん達は驚いて空を見上げた。しかし、雪はすぐに止んでしまった。

千穂さんは「もしかして、このこけし、写真を撮られたくないのかな」と呟いた。敦子さんは「そんなはずないじゃない」と否定する。

確かにその通りだと思った千穂さんは、もう一度デジカメを構えた。そして、撮影後、敦子さんと一緒にデジカメの画像を確認した。

「あ！」

二人は同時に悲鳴を上げた。

そこには、眉を吊り上げて、口を尖らせたこけしの顔が写っていたのだ。二人は恐ろしさのあまり震えて次の言葉が出なかった。

千穂さんは泣きそうになりながら、気味の悪い画像を削除した。そして「暗くなってきたし、駅まで戻ってホテルへチェックインしよう」と声を絞り出すように言った。

千穂さん達は無言で歩いた。

停留所に着くと千穂さんは、次に来るバスの時間をチェックしようと、時刻表を見た。

すると敦子さんが「ラッキー！　るーぷるが来たよ」と声をかけてきた。

バスのドアが開き、敦子さんがステップに片足をかけて、千穂さんに「早く乗ろう」と呼びかけてきた。

だが、千穂さんは「乗っちゃダメ！」と敦子さんを止めた。そして、敦子さんが乗らないように手招きをした。

敦子さんは乗るのを諦めて千穂さんのそばへ来ると、「早く駅まで帰りたいのにどうして？」と尋ねてきた。

千穂さんは、停留所の時刻表を見ながら説明した。

「るーぷるの最終は、もうないんだよ」

するとと、バスは扉を閉めてゆっくりと走り出した。

バスを見ると、車内はとても暗かった。運行しているバスではなく、回送中なのだろうかと千穂さんは思った。

そして、ゆっくりと前に進んでいくバスを目で追った。すると、最後尾の席に行きで会った初老の男性がいるのに気が付いた。男性は千穂さん達の方を見て、にんまりと笑いかけたように見えた。

千穂さんと敦子さんは短い悲鳴を上げて、顔を見合わせた。

「なんなの？　いったい……」

二人は再び、不思議なバスの方に視線を向けた。ところが、バスは跡形もなく姿を消していた。

二十　遠刈田こけし（仙台市）

仙台市で一人暮らしをしている真子さんは、派遣社員として働いている。だが真子さんは現状には満足しておらず、資格を取って正社員になりたいという目標を持っている。そのため、平日の昼間は仕事、夜と休日は試験に向けて勉強に励んでいた。

真子さんのお母さんはこけしが好きで、実家にはこけしが数多くあったそうだ。そのうちの大半が遠刈田こけし、鳴子こけし、弥治郎こけし、作並こけし、肘折こけしという宮城県五系統のこけしだった。これらの中からお母さんの出身地で誕生した遠刈田こけしを、真子さんは譲り受けたのだという。

遠刈田のこけしは、真っすぐな胴体に大きな頭が乗るスッキリとした姿をしている。そして、顔には額から鬢《びん》（耳ぎわの髪の毛）までを縁取るような、赤い放射状の柄が描かれている。

真子さんの部屋のチェストの上に置かれたこけしも、細い切れ長の目をした美しい顔で、いつも微笑んでいた。

真子さんはこの遠刈田こけしをとても気に入っていた。表情がどこかお母さんに似ていて、勉強に疲れた時などに慰められるからだ。

だが、たまに驚かされることもあった。チェストの上のこけしが、少しだけ向きを変えたり、横へずれていたりすることがあるのだ。それは、真子さんが勉強で無理をしている時などに限って起こる。しかし、真子さんは疲れているからだと思うようにしていたらしい。

ある雪の日の夜のことだった。勉強が捗《はかど》らず真子さんは、夜食にインスタントラーメンを作って一息入れることにした。

真子さんは小鍋に水を入れて火にかけ、机に戻った。沸騰したら、すぐに立つつもりでいたのに、疲れていたためか、いつの間にか机に突っ伏して眠ってしまった。

すると突然「ドンッ」という音がして、真子さんは目が覚めた。すぐに火をつけていたことを思い出して、慌ててガス台へ行くと、小鍋の水はすっかり蒸発していた。真子さんは、もう少し眠っていたら火事になっていたかもしれないと、ヒヤリとした。

ふとチェストの上を見ると、こけしが倒れている。真子さんはこけしが倒れた音で目が覚めたことに気が付いた。地震でもないのに、なぜこけしが倒れたのか真子さんは不思議に思った。まるでこけしが、鍋の空炊きを注意してくれたように思えたそうだ。


それから数ヵ月後の深夜のこと。資格の試験日が近づいた真子さんは勉強に夢中になっていた。するとまた、チェストの上のこけしが音を立てて倒れたのだ。突然のことで、真子さんは声を上げるほど驚いた。

咄嗟にまたガスの火を点けたままにしたのかと考えたが、そんなことはない。真子さんは不思議に思って、こけしを立て直そうと手に取った。そして、こけしの顔を見た。すると、こけしは、眉間を寄せ目尻を下げた。それはまるで泣いているかのような顔だった。真子さんはこけしを投げ出してしまった。

するとその時、お母さんが真子さんを呼ぶ声が聞こえた気がした。その途端、真子さんは胸騒ぎを覚えた。もしやお母さんに何かあったのではないかと心配になったのだ。

真子さんは恐る恐るこけしを手に取って、再びその顔を見た。すると、いつもの笑顔に戻っていた。あれは私の見間違いだったかもしれない。そう思ったが、やはり気になって、深夜にもかかわらず、実家に電話を掛けた。しかし、誰も出ない。真子さんは軽自動車で実家へ向かうことにした。

真子さんが運転していると、車内にスマホの着信音が響いた。ドキリとした真子さんは、自動車を停めてスマホの通話ボタンにタッチした。

こけしがもたらした予感は的中した。電話の主は弟で、お母さんが突然激しい頭痛に襲われて、緊急搬送されたとの知らせだったのだ。

二十一　鳴子こけし（大崎市）

ある日、千葉県出身の忍さんは彼氏を誘って、宮城の大崎市、松島市、仙台市をドライブ旅行した。

一番の目的は、こけしの最も古い生産地と言われる鳴子温泉で、伝統品である「鳴子こけし」を手に入れることだった。

実は最近、一部の女性達の間でこけしがブームになっている。彼女達は「こけ女」と呼ばれている。忍さんもその一人だったのだ。

鳴子温泉に近づくと、こけしの絵が描かれた道路案内表示が現れた。巨大なこけしが出迎えてくれたり、顔を出して記念撮影ができるこけしのパネルがあったり……。至るところでこけしと出会えて、「こけ女」の忍さんは大喜びだった。

忍さんは彼氏と鳴子温泉に一泊した後、こけし製造の実演を見られる施設を見学。そして鳴子こけしを手に入れた。

帰りは、行きの道とは違う道路を通ることにした。ナビが案内する国道から離れて、細い道を選んだ。秋も深まり、紅葉が間近に見られるだろうと思ったからだ。

車中、忍さんは観光施設でもらったパンフレットを熱心に読んでいた。そのせいか、気分が悪くなってしまい、途中、休憩を取ることにした。

外で新鮮な空気を吸って元気になった忍さんは自動車のボンネットにもたれて、バッグから鳴子こけしを取り出した。愛らしいこけしの表情に気分が和む。こけしの頭と胴体を持ってひねってみる。鳴子こけし独特の「キュッ、キュッ」という音がする。

運転席でガイドブックを広げて、この先の道を調べていた彼氏と目が合った。こけしのお陰で和んだ表情になった忍さんを見て、彼氏も優しい笑顔を浮かべていた。自動車にもたれる忍さんと運転席の彼氏の目が合った。

しばらくして、彼氏は「コーヒーを買ってくる」と言って、自動販売機の方へ歩いていった。忍さんは一人こけしを見つめ、音を聞いていた。

するといつの間にか忍さんの隣にお婆さんが立っていた。お婆さんも音が気に入ったのか、こけしを見つめている。お婆さんは浴衣姿だったので、温泉へ来た観光客だろうと忍さんは思ったそうだ。

忍さんは、お婆さんに「良い音がしますよね」と声を掛けた。するとお婆さんが「孫娘に買ってあげたかった……」とつぶやいた。

忍さんが「お土産にしたらきっと喜ばれますよ」と言った時だった。

忍さんは手の中のこけしを見て悲鳴を上げると、思わず放してしまった。美しかったこけしが半分焼けただれたように変わっていたのだ。

忍さんは一緒にこけしを見ていたお婆さんに、助けを求めるように顔を向けた。だが、忍さんはまたもや悲鳴を上げてしまった。お婆さんの顔もこけしと同じように、半分焼けただれていたのだ。

忍さんの悲鳴を聞きつけた彼氏が飛んできた。忍さんは彼氏にしがみつくと「顔が……お婆さんもこけしも……」と支離滅裂な様子で訴えた。

だが、彼氏は落ちたこけしを拾い上げると「可愛い顔しているよ。お婆さんって？」という。見ると、元の可愛いこけしに戻っていた。そして、いつの間にかお婆さんの姿も消えていた。

二十二　おにぎり

化女沼レジャーランド跡（大崎市）

大崎市にある廃墟と化した遊園地「化女沼レジャーランド」。神奈川県在住の悠さんは友人の明弘さんを誘って、廃墟を巡るツアーに参加したことがあるそうだ。今から数年前のことだ。

化女沼レジャーランドに着くと、廃墟マニアである悠さんと明弘さんは写真を撮影するのに熱中。いつの間にか距離が離れてしまった。

しばらくすると二人は合流。悠さんは「いい写真撮れたか?」と明弘さんに聞いた。

すると、明弘さんは「ああ。けど、邪魔が入ってしまってさ」と言いながらこんな話をしてくれた。

明弘さんが園内を撮影していると、小学校低学年ぐらいの男の子が現れ、肩にかけていたショルダーバッグを引っ張った。

その出現の仕方があまりにも突然だったため、明弘さんは霊だと慌ててしまった。なぜなら、廃墟となった建物には霊が集まりやすいといわれているからだ。また、明弘さんは生まれつき霊感が強く、時折、霊の存在を感じることがあるのだという。

しかし、すぐに母親が来て、男の子の手を引いて去って行った。

「霊だと思ったのは、俺の勘違いだったんだよ」と明弘さんは苦笑した。


その後、ツアー主催者の説明を聞いている時だった。

「さっきの男の子、家族で来てるんだな」

明弘さんは三十代ぐらいの男性の方を指差した。

明弘さんは夫婦と男の子の三人だというのだが、悠さんには男性一人しか見えない。

悠さんが男性一人きりだと告げると、明弘さんは急に神妙な顔になった。

「それじゃ、あの男性に憑いているのか……」

明弘さんは、そう言ったきり黙り込んでしまった。

悠さんには見えないので何ともないのだが、明弘さんは怯えているようだった。（霊が見えるというのも、大変なものだな）と悠さんは思った。


ところが、霊感の全くない悠さん自身も驚くような体験をした。

途中でお腹が空いた時のために、明弘さんはおにぎりをショルダーバッグの中に入れていた。はらこ飯（鮭を煮た汁で炊き込んだご飯に、鮭の身やイクラを乗せた料理）や牛タンなどを使った、ご当地グルメのおにぎりを見つけて仕入れて来たのだ。

明弘さんは、はらこ飯のおにぎりを取り出し、悠さんにも一つ渡した。そして二人は、一口かぶりつくと、すぐに吐き出してしまった。なんとおにぎりが腐っていたのだ。

だが、来る途中に買ったものだし、暑い季節でもない。腐るはずなどない。

明弘さんは、すぐに理由が分かったようだ。悠さんも男の子からショルダーバッグを引っ張られたと聞いたのを思い出した。

悠さんは、明弘さんからこう告げられた。

「霊が近づくと、食べ物が腐ってしまうことがあるらしいよ」

二十三　願い人

多賀城政庁跡（多賀城市）

　ＪＲ東北本線国府多賀城駅の北側に位置する多賀城跡。その歴史は古く、奈良時代に大和朝廷が東北の地を統治するために建てた国府（政治の拠点）であるという。以降、南北朝争乱までの間、東北の政治の中心地であったとされる。

　夫の転勤で兵庫県から仙台市に移り住んだ桃子さんは毎日暇を持て余していた。そこで、観光スポットでも回ろうと、情報収集を行うことにした。すると、「多賀城政庁跡に宝くじが当たるパワーを秘めた礎石がある」ということを知った。多賀城政庁跡とは、重要な政務や儀式が行われていた場所だ。
　スピリチュアル好きの桃子さんは、早速、出かけてみることにした。しかし、願いを知られては効果がないという。そこで、スマホで日の入りの時間を調べて、暗くなる前に駅へ戻れるように計画して出かけることにした。薄暗くなってからの方が他の人に会わないだろうと思ったからだ。

ある日の夕方、桃子さんは国府多賀城駅に降り立った。駅を出ていくつかの野原を越え、丘の斜面にある緩やかな階段を昇り、ようやく多賀城政庁跡に着いた。辺りには誰もいなかった。

しかし、政庁跡にはいくつもの礎石があった。どれがパワーを秘めた礎石なのか、見当もつかない。途方に暮れた桃子さんは、とりあえず周囲を歩いてみることにした。

数分後、桃子さんは一つの礎石の前で足を止めた。

(この石だけ、なんだか光っているように見えるでぇ)

桃子さんはこれに違いないと考えた。そして、(一億円当たりますように。いや、五千万円でもええです。いや、仙台に来たばかりの新参者やのに、欲張ったらあかんか。一千万円でもええです。でも、子どもが生まれたら、一戸建ても欲しいし。やっぱり五千万円……)などと祈りながら、一心不乱に礎石を撫で回した。

そうしているうちに、じょじょに暗くなっていった。

桃子さんは、ふと何かを感じて辺りを見回した。すると、少し離れたところにうずくまっている人影が見えた。

いつの間にやって来たのだろうか。その人物は和服を着ていた。顔は見えないが、髪が長いので女性かと思われた。

桃子さんは、その女性も宝くじが当たるように願っているに違いないと思った。しかし、パワーのある礎石は、桃子さんの手の下にあるものだけだと確信している。桃子さんは勝ち誇ったような気持ちになった。

しかし、もしも女性が桃子さんに気付いたら、自分が願いごとをしていることが分かってしまうかもしれない。

桃子さんは女性に見つからないように立ち去ろうと、ゆっくりと腰を上げた。そして、中腰で音を立てないように二、三歩後退りした時だった。うずくまっていた女性が、突然上半身を起こしたのだ。

（やばい！）

桃子さんは中腰のまま静止した。そして、次の瞬間、踵を返して走り出した。

女性の顔は、目鼻も何もないのっぺらぼうだったのだ。

桃子さんは悲鳴を上げながら、多賀城政庁跡を走り下った。その間もずっと女がすすり泣くような声に追いかけられ、生きた心地もしなかったという。

ちなみに、宝くじを当てることはできたのか、私は桃子さんに聞いてみた。すると、桃子さんからは「当たらへんかったわ」という答えが返ってきた。

この世のものではないとはいえ、桃子さんは願いごとをしている姿を見られてしまった。そのせいかもしれない。

二十四　尾ひれ

松島（宮城郡松島町）

和夫さんは仕事柄、地方都市への出張が多い。

最近は、全国どこへ行くにも新幹線や飛行機を使えば日帰りが可能だ。でも、和夫さんは有給休暇がもらえる時には、一泊して出張先の観光と名物料理を楽しむことにしている。

仙台市へ出張した翌日、和夫さんは、松島を見物することにした。京都の天橋立、広島の宮島にも出張のついでに立ち寄った。日本三景の最後の一つ、松島もぜひ観ておきたいと思ったからだ。

和夫さんは、仙台駅からＪＲ仙石線に乗り、本塩釜駅へ着いた。「人口に対する寿司屋の店舗数日本一」と言われる塩竈市では、ぜひ寿司を食べようと計画していたのだ。

和夫さんはネットの情報で評判の良い寿司屋があると知って、その場所を探して歩き回った。
しかし、なかなか見つからず、夏の太陽に照らされて歩き回っているうちに、熱中症寸前になってしまったらしい。目当ての店に入って椅子に掛けた時には、汗だくの上、一瞬目の前が真っ暗になってしまったという。
それでも、美味しい寿司を食べているうちに体調が回復していったそうだ。
昼食の後、和夫さんは塩釜港から遊覧船で松島海岸へ向かうことにした。大小二百六十ほどもあるという島々を、海の上からも眺めてみたいと思ったからだ。

遊覧船に乗り込み塩釜港を出ると、船内では島々の説明があった。和夫さんは、説明に耳を傾けながら景色を眺めていた。

するとある島に人影を見つけた。長い髪を生やした女のようだった。岩に腰掛けていて、両足は海の中に入れている。

和夫さんは（海女さんだろうか……）と思った。

和夫さんが見つめていると、女は頭から海へと飛び込んだ。そして、逆さまになった女の両脚が高く上がった時だった。和夫さんは、思わず目を見開いた。高く上がったのは、二本の脚ではなく尾ひれだったのだ。

そして、あっという間に尾ひれは海に沈んで行った。

もしかしたらダイビング用のフィンだろうかと、和夫さんは思った。いや、違う、あれは確かに魚の尾ひれの形をしていた。他に見た人がいないか遊覧船の中を見回したが、平日で船に乗っている人も少なく、誰も驚いたり騒いだりしてはいなかった。

松島海岸に到着して、和夫さんは瑞巌寺や五大堂を観て回った。だが、観光中も尾ひれがある女のことが気になって仕方がない。しかし、あんな女がこの世にいるだろうか？

和夫さんは、松島海岸駅からJR仙石線を使い仙台へ戻る予定を変更して、帰りも塩釜港行きの遊覧船に乗る決心をした。計画していた旅の予算をオーバーしても、もう一度見られるものなら見て、あの女の正体を確かめてみたいと思ったのだ。

遊覧船が松島海岸を出港すると、和夫さんはすぐに眠くなってきた。歩き回った疲れが出たらしい。だが、眠り込んでしまわないように、懸命に眠気を振り払った。

すると、今度は遊覧船からそう遠くない位置の島に、女の姿が見えた。岩に腰掛けた女の、魚のような下半身が見える。

和夫さんは興奮して、誰かに知らせようと見回した。だが、船内には同乗したはずの客が誰もいなくなっている。変だなと思いながらも、和夫さんはもう一度窓の外を見た。

すると、いきなり女の顔がガラス越しに現れた。目が合った和夫さんは大声を張り上げた。

濡れてべっとりと長い髪が張り付いた女の顔は、干からびたようにひび割れていた。崩れかかった口元からは、まばらに残った数本の黒い歯が見えていた。

その瞬間、和夫さんは目が覚めた。周りでは皆が和夫さんの方を見ている。くすくすと笑っている者もいた。

どうやら夢を見て、大声を上げたようだと気が付いた。和夫さんは、塩竈市で無理をしたせいで熱中症に罹り、行きの遊覧船の中でも幻を見ていたのだろうと納得した。そう、この世に人魚などいるはずがないのだ。

遊覧船は間もなく塩釜港へ到着する。

和夫さんは、松島の美しい風景も見納めだと思った。くつろいだ気持ちで、遠くなっていく島々を眺めた。

だがその時、最後に視界に入った島影で、尾ひれが海に沈んで行く光景を、再び見てしまった。

二十五　気配

富山観音堂（宮城郡松島町）

数年前の春、藤江さんは定年退職した夫と一緒に自動車旅行をした。場所は南東北だ。藤江さん夫婦は福島県からスタートし、山形県を周り、最後に宮城県に立ち寄った。宮城県内における観光の目玉は日本三景の一つ松島だ。

二人は展望の良い場所から松島を眺めたいと、山の頂にある「富山観音堂」へ行くことにした。というのも、富山観音堂からの眺めは、松島が美しく見える「松島四大観」の一つといわれているからだ。

しかし、富山観音堂に行くには駐車場で自動車を降りてから、長い石段を上らなくてはならない。

五十代半ばを過ぎた頃から、藤江さんは無理をすると膝が痛くなる。そのため、石段を見上げて、上ることを躊躇してしまった。旅行も終わりに近づいて、疲れが出てきていたこともあった。

しかし、今度はいつ松島に来られるか分からない。いや、もしかしたら、もう二度と宮城の地に足を踏み入れることができないかもしれない。藤江さんは夫に励まされ、石段を上って行くことにした。

駐車場から頂上までは歩いて十五分程度と聞いていたが、休みを取りながら進んでいったため、その倍はかかった。

そして、ようやく頂上へ。藤江さん夫婦は本堂前から松島を眺めた。海の上に大小の島々が浮かぶ美しい風景に、互いに来て良かったと言い合った。

そして、その帰りのことだった。

藤江さんにとっては石段を上るよりも降りる方がつらかった。上りの時の疲れがある上に、降りる方が膝に負担がかかるからだ。

藤江さんは、ゆっくり降りていった。すぐ後ろには夫がいる。もしもの時は支えてくれるだろうと当てにしていた。

しばらくすると、藤江さんは階段を一段踏み外しそうになってドキリとした。それでも背後に夫の気配がしたので、安心して先へ進んだ。

ところが、数段先で次の一歩をためらったはずみに、尻餅をついた。藤江さんはその場に座り込んだまま、夫を振り返って思わず怒鳴ってしまった。

「危なくなったら、支えてよ！」

しかし、振り返った瞬間、黒い塊がすっと消えるのが目に入った。

藤江さんは悲鳴を上げた。

すると、その声を聞きつけた夫が急いで石段を降りて駆け寄ってきた。夫は藤江さんから随分離れたところにいたのだ。

夫だと思っていた時には、その気配に頼って安心していたのに……。それが正体不明のものだったと分かった途端に、全身に震えが来てしまった。「まさに知らぬが仏とはこのことだ」と、藤江さんは語った。

二十六　すかし橋の女

五大堂（宮城郡松島町）

松島の瑞巌寺に所属する五大堂は、伊達政宗公が建てた東北地方最古の桃山建築だ。秘仏・五大明王が納められていて、三十三年に一度開帳されるという。

そんな五大堂には、「すかし橋」と呼ばれる海の上に架かる二本の橋を渡って向かう。橋の欄干は朱塗り。橋板は梯子状に渡された横板で造られていて、横板と横板の隙間からは海面が見える。隙間の広さは落下する心配はない程度だが、足元に海が見えるため、参拝者は自然と心が引き締まる。

今から二十数年前、悟さんは当時付き合っていた彼女と二人ですかし橋を渡ったことがある。

すかし橋は渡るとき、カップルならば自然と互いの手を握り合ってしまうので、縁結びの橋ともいわれている。悟さん達も仲良く手をつないで渡ったそうだ。

その頃、お互いに将来のことを考え始めていた二人は、もう一年交際して結婚するかどうかを決めようと話し合った。

そして、一年後の夕刻、本当にこの人で良いのか、お互いに心を引き締めて、すかし橋を渡って決めようと話していたのだった。

だが、悟さんが彼女の心変わりを疑った時から二人の間はぎくしゃくし始めた。じっくりと話し合いたいが、なかなか彼女と連絡が取れない日々が続いた。

今とは違い、スマホもＳＮＳもない時代の

こと。しかも、悟さんは社員寮で生活しており、電話は管理人が取り次ぐ仕組みだった。一方の彼女は実家暮らしで両親が受話器を取る場合もあるため、気軽に電話をかけることができなかった。

やはり彼女の心は自分から離れてしまったのだろうか。そう悟さんが悩んでいるうちに、約束の日が近づいてきた。

悟さんは、約束の日に一人ですかし橋へやって来た。

そこに彼女の姿はなかった。だが、夕刻までまだ時間がある。悟さんは橋のたもとで待っていた。しかし、彼女は現れない。

やがて日が沈もうとしていた。そろそろ五大堂への門も閉ざされるはずだ。

悟さんは、残りわずかな時間に望みをかけて彼女を待った。もし来てくれたなら、改めて彼女と話し合いたい。

しかし、時は無情にも過ぎた。悟さんは一人ですかし橋を渡ることにした。渡りながら、彼女への気持ちに区切りをつけようと考えたのだ。

悟さんは一本目のすかし橋を渡った。そして、渡り切ったところで、名残惜しそうに振り返った。

すると、一本目の橋の向こう側に人の姿が見えたのだ。長い髪のその人は彼女かもしれない。

女性は渡るかどうか思い悩むように橋のたもとに佇んで、すかし橋の隙間から下の海を見つめているようだった。辺りは薄暗い上に、女性は俯いているので彼女かどうかは分からない。

悟さんは橋を引き返し、女性に声を掛けようと一歩を踏み出した時だった。その女性も同じように足を踏み出した。しかし、足の先から徐々に霞となって、すかし橋の隙間に吸い込まれていったのだ。

悟さんはその場に立ちすくんだ。最後の瞬間、まるで断末魔の叫びを上げたかのような女性の表情を、悟さんは見た。悟さんにはその顔が、やはり彼女だったように思えた。

悟さんは、あの女性は自分の想いが産み出した幻影かもしれないという。だが、この日を境に彼女との恋愛にピリオドを打つという決断を下したことだけは確かだった。

二十七　ポピー　国営みちのく杜の湖畔公園（柴田郡川崎町）

休日明けの朝だった。聖子さんは、いつものように自宅を出て、自動車で勤め先へ向かった。だが、途中で自動車を停めると、体調が悪いので休暇をとりたいと会社に連絡をした。聖子さんは入社して間もなく、違う部署の先輩を好きになった。だが、ほとんど話もしないまま、その人は先週末に退職してしまった。もう会えないのだと思うと、出勤する気持ちが失せてしまったのだ。

しかし、Uターンして自宅に帰るのも嫌だった。出勤しなかった理由を家族に話すのが億劫だったからだ。

聖子さんは「国営みちのく杜の湖畔公園」へ行くことにした。それは、好きな人がそこのポピーの花畑がとてもきれいだと話していたからだ。聖子さんは、社員食堂で隣のテーブルからその話を聞いていたことを思い出した。

国営みちのく杜の湖畔公園へ着いた。先日まで開催されていた「ポピーまつり」が終わったこともあって、園内は閑散としていた。どんよりとした曇り空の平日だったこともあるのかもしれない。しかしまつりは終わっても、ポピーはまだ美しく咲いていた。

ポピーは、赤だったり、濃い桃色だったり、少しオレンジ色がかかっていたり……。花びらの色と、茎や葉の濃い緑色とのコントラストを、聖子さんはぼんやりと眺めていた。

聖子さんの頭の中に、ふと「この世のものとは思えない美しさ」という言葉が浮かんだ。そして、なんだか悲しくなった。

いつの間にか、花畑の周りにいた見物客は皆、他の場所へ移動したのか、誰もいなくなっていた。一人きりになった聖子さんは、ポピーの花畑を見回して、一層その広さを感じた。

その時、花畑の向こう側に人影を見つけた。誰もいないと思っていたのに、突然その人が現れたようで不思議な気がした。

聖子さんはその人を見つめた。するとその人が、好きだった人に似ていることに気が付いた。

聖子さんは思春期以降、何人かに恋をした。だが、好きになった人へ、自分から思いを伝えたことは一度もなかった。それは、聖子さんが引っ込み思案だったからだけではなく、好きになった人が皆、同性だったからだ。

花畑を挟んで、向こう側に立つ女性は白いコットンのシャツとジーンズが良く似合っていた。そして、長い髪を風になびかせていた。そんな姿も、聖子さんが好きだった人に瓜二つだった。

しかし、その女性の顔は見えない。まるで聖子さんが見つめていることに気が付いているかのように、聖子さんの方へ顔を向けない。

（あの人は、私と話をしたくないので無視しているのかも……）聖子さんは、悲しい気持ちになりながらも、その女性から目が離せなかった。

すると突然、女性が聖子さんを見つめ返し、にっこりと笑いかけたのだ。

それを見た聖子さんは、うれしくなって女性に話しかけたいと思った。ちょっとした世間話でもいい。

聖子さんは、目の前の花畑を迂回する道を探した。随分と遠回りすることになりそうだ。

その間に、女性は立ち去ってしまうかもしれない。

今は二人以外に見物客はいない。聖子さんは思い切ってポピーの花畑に分け入って、真っすぐに向こう側まで行ってしまおうと考えた。

聖子さんはポピーの花を両手でかき分け、一歩を踏み出そうとした。そして、目指す向こう側に目をやると、確かにいたはずの女性の姿が消えていた。

聖子さんは焦って辺りを見回した。だが、どこにも女性の姿はない。まさか忽然と消えるはずはない。もしかしたら、花の向こうに身を低くして隠れてしまったのではないかと、聖子さんは思った。それなら、自分には会いたくないのかもしれないと、また悲しい気持ちになった。

それでも聖子さんは、女性がいた場所へ近付きたくて、無理をせずに迂回する道を歩いて向こう側へ行ってみることにした。

そこには女性の姿はなかった。そして、彼女がいた近くのポピーが、そこだけ元気なく萎れていた。

霊的なものが現れると、周りのものは生気を失うという。もしかしたら、女性は人ではない何かだったのかもしれない。

二十八　影

小原慈母観音（白石市）

神奈川県在住の健太郎さんが数年前、妻の故郷・白石市で過ごした時のことだった。

ある日、健太郎さん夫婦は国道113号線をドライブした。天然記念物の「材木岩」に寄って、「七ヶ宿ダム自然休養公園」まで行くというコースだ。

材木岩に行くまでの道のりで、妻は「ここはカーブやトンネルが多くて、事故が多い道なの」と語った。そのため、交通事故犠牲者を追悼し、交通安全を祈願した「小原慈母観音」が祀られているのだそうだ。

実は妻の知り合いも、ここで交通事故に遭ったことがあるという。それを聞いた健太郎さんは小原慈母観音にお参りしたいと思った。

東京の下町の大家族に生まれた健太郎さんは、信心深い曾祖母に可愛がられた。そのため、神社仏閣に手を合わせる習慣が身についていたのだ。

しかし、妻からその話を聞いた時には、もうすでに小原慈母観音を通り過ぎていた。そのため、帰りに立ち寄ることにした。

二人は材木岩に到着した。「材木を縦に並べたように見えるね」「神秘的だわ」などと言いながら見物。その後は、目的地の七ヶ宿ダム自然休養公園を目指した。

園内はアスレチックゾーンがあったり、ウインドサーフィンやカヌーを楽しむことができたり、夏休みにピッタリな場所だった。

二人で湖を眺めながら夕方までのんびり過ごしていると、急に黒い雲が空に湧いてきた。見る見るうちに辺りが暗くなり、自動車に戻った時には雨が降り出した。二人は急いで自動車に乗った。

雨の中、健太郎さんは来た道を戻り始めた。小原慈母観音に寄るまでには、いくつかのトンネルを通り抜けることになるのだが、その中の一つで、健太郎さんは左側の路肩に人影を見付けたという。

黒い人影は、健太郎さんの自動車に向かって頭を下げたようだった。

それを見た健太郎さんは、ちょうど他の自動車も途切れていたので、人影のそばに停車した。用事があって呼んでいるのかと思ったということもあるが、その人影に不思議と惹きつけられるものがあったからだ。


しかし、突然、助手席にいた妻が短い悲鳴を上げた。窓の外を見た健太郎さんも息が詰まるほど驚いた。

左側に立っていた人影は、髪もなく、目もなく、鼻もなく……近くで見てもただの影だったのだ。

二人が声も出せずにいると、その影はもう一度丁寧に頭を下げたように見えた。まるでお辞儀をしているようだった。

健太郎さんは影から逃げるために急いで自動車を発進させた。妻は「あれはいったい何なの？」と泣きそうな声を発した。

最後のトンネルを出ると、悪天候が嘘のように回復していた。外は夏の夕方らしい明るさに戻っていた。

自動車はすぐに小原慈母観音に到着した。二人は予定通りお参りをした。先ほどの影が交通事故の犠牲者に関係があるのかもしれないと思ったからだ。

後日、この一件を健太郎さんは振り返った。気持ちを落ち着かせて考えてみると、影は頭を下げていた。まるで二人にお礼するかのように。悪意はなかったように思われる。もしかすると、行きには素通りしてしまったが、帰りには供養のために手を合わせようと言ったことを影に感謝されたのだろうか。

二十九　夜行バス

東北自動車道（白石市）

ある日、結花さんは東京の新宿駅南口にあるバスターミナルから、夜行の高速バスに乗り込んだ。行先は仙台駅東口。勤め先から早めの夏休みをもらった結花さんは、仙台市に住む友人のところへ遊びに行こうとしていた。

七月初旬の平日というだけあって、ちらほらと空席があった。二十四時半頃、バスが出発すると、結花さんはすぐに眠りに落ちた。初めての夜行バスで眠れないのではないかと思っていたのだが、意外にも熟睡できて、早めに目が覚めた。

ふと腕時計を見ると、時刻は早朝の五時半を示していた。

仙台へ到着するまでにはまだ時間がある。結花さんは車内のトイレへ行こうとした。

すると、真っ暗だった通路にぼんやりと明かりが灯った。（まだバスは走っているのにどうして？）と結花さんは不思議に思った。そこへ前方からゆっくりと通路を歩いてくる男性の姿が見えた。男性はライダーズジャケットにヘルメットという格好だった。どうして車内でヘルメットを被っているのか？　結花さんが不思議に思っている間にも、男性はゆっくり、よたよたといった感じで近付いてくる。酒に酔ってでもいるのだろうか。

男性が結花さんの目の前にきた。結花さんは座席に座ったまま、顔を見上げて「ひっ！」という短い悲鳴を上げた。男性の顎辺りから血が滴り落ちていたのだ。

恐怖でおののきながらも、結花さんは男性から目を離すことができなかった。

男性は結花さんの真横で足を止めた。通路を挟んで結花さんの隣は空席である。男性は空席に座ったかと思うと、忽然と姿を消してしまった。

結花さんは、何が起こったのか理解できなかった。他にも見ていた人がいるかと周りを見回したが、皆眠っているようだ。運転手に告げようかとも思ったが、どう考えても男性がバスの乗客だったとは思えなかった。もしかしたら、この辺りで事故を起こしたライダーの霊が迷い込んだのかもしれない。

結花さんは、震えながら終点までを過ごした。

仙台市に到着して、結花さんはバス内での出来事を友人に語った。

夜行バスの運営会社に問い合わせると、早朝五時半といえば、夜行バスは東北自動車道の白石インターチェンジ辺りを走っている頃らしい。

結花さんは、東北自動車道の死亡事故を調べてみたが、昨夜は起きていなかった。

ただ、過去にはライダーが死亡した事故がいくつかあったようだ。事故で亡くなったことを気付いていないライダーの霊が、バスに乗ってでも自宅に帰りたいと思って現れたのかもしれない。

三十　緑色の物体

荒沢の大滝（加美郡加美町）

今から七、八年前のことだ。里香さんは彼氏と一緒に大滝農村公園キャンプ場に出掛けた。テントの設営が済んだ後、彼氏は「少し昼寝をする」と言って、そのまま木陰で眠ってしまった。

一人残された里香さんは、すぐ近くの「荒沢の大滝」に出かけた。荒沢の大滝は、階段状になっていて、何段にも砕けながら落下していく。里香さんは滝の最後部の数段を一望できる場所に立った。

木々の緑が織りなす渓谷美、水が激しく流れ落ちる滝つぼのマイナスイオンを楽しんでいると、滝つぼの底から何かがゆらゆらと浮かび上がってきた。もやもやとしていて形がはっきりとは分からないが、それは緑色の物体だった。

里香さんは、キャンプに来た人がレジャーシートでも滝に落としたのかもしれないと考えた。

しかし、大きさはレジャーシートぐらいかもしれないが、もっとふっくらとしていて柔らかそうな感じがする。たとえるならば、クラゲに近いような……。

里香さんは不思議な物体から目が離せなくなった。

水面でゆらゆらと漂っていた緑色の物体は、次第に流れ落ちる滝に近づいていった。そして、滝の流れに逆らって上昇していったのだ。

里香さんは驚いて、目を見張った。

緑色の物体は滝を一段ずつゆっくりと上っていく。そして、見えなくなってしまった。

しばらくすると、「グォォォォ!」という人のものとは思えない、野生動物のような悲鳴が辺り一面に響き渡った。

里香さんはぎゅっと胸が締め付けられる思いがした。

その後、里香さんは、緑色の物体の正体を考えた。レジャーシートだとしたら、滝を上っていけるはずがないから、やはり生き物だったのかもしれない。だが、あんな生き物は見たことがない。

里香さんは彼氏の元へ戻って、自分が見た緑色の物体の話をした。

すると、彼氏の顔色が変わった。

「えっ、俺も見たっちゃ」

それはまだ寒い時期だったという。だが、あり得ないので、見間違いだと笑い飛ばし、気にしないことにしたのだそうだ。

ただし、彼氏が見た物体は緑色ではなく、黒っぽく見えたり、時折、姿が消えたりしたそうだ。

その話を聞いて、里香さんも緑色の物体は時折、半透明に見えた瞬間があったことを思い出した。

里香さんは、色は違っても二人が見た物体は同じものではないかと考えた。里香さんには緑に、彼氏には黒に見えたのは、元は同じ透明の物体だが、光の加減などによって周りの景色が映るからではないか、と。

あれは霊的なものなのか、神聖なものなのか、それとも未確認生物なのか。正体はいくら考えても分からないと里香さんは語る。

三十一　釣り人

鳴瀬川（加美郡加美町）

哲夫さんが妻の姉夫婦が住む加美郡加美町へ遊びに行った時のことだった。

妻が久しぶりに姉妹でゆっくり過ごしたいというので、釣りが趣味の哲夫さんは一人鳴瀬川へアユ釣りに出かけることにした。


哲夫さんは親戚から教えられたスポットでアユ釣りを始めた。

穴場なのか、初めは哲夫さん一人きりだった。だが、いつの間にかもう一人、哲夫さんより下流で釣りを始める中年男性が現れた。その釣り人は、青いシャツに黄色のベストを着ているので、とても目立っていた。

哲夫さんは時々その釣り人に目をやったが、全く釣れていないようだった。

一方、哲夫さんの釣果はなかなかのものだ。哲夫さんはその釣り人に申し訳ないような気持ちになった。

しばらくして、釣り人がいた方向にふと目を向けると、その姿は消えていた。諦めて場所を変えたのだろうと哲夫さんは思い、さほど気にはしなかった。

それからしばらくして、急に空模様が怪しくなった。そこで、もう充分楽しんだことだし、無理をせず引き上げることにした。

哲夫さんが川に背を向け、釣り道具を片付けていると、背後に気配を感じた。振り返ると、目の前に男性が立っていた。

突然のことだったので、哲夫さんはぎょっとなった。しかも、その男性は全身ずぶ濡れだったのでなおさらだ。まじまじと見ると、それはさきほどまでいた青いシャツに黄色のベスト姿の釣り人であることが分かった。

釣り人は哲夫さんをじっと見て、何かをつぶやいた。

何を言っているのかは聞き取れなかった。だが哲夫さんは、釣り人が川の流れに足を取られて、ずぶ濡れになったのだろうと考えた。

乾いたタオルを持っていたことを思い出した哲夫さんは、屈みこんで荷物の中を探した。そして、タオルを取り出して、釣り人に渡そうと立ち上がった。すると、釣り人の姿がぼんやりと霞み始めた。

哲夫さんは自分の目がどうかしたのだろうかと思った。目を細めて釣り人を見直したが、やはり霞んだままだ。

しかし、霞んだままの釣り人はタオルに手を伸ばしてきた。釣り人の手がタオルを掴んだように見えたので、哲夫さんは手を放した。だがその瞬間、釣り人の姿は完全に消えてタオルは川へと落ちてしまった。

釣り人はすでに亡くなっているのだろうと、哲夫さんは感じたという。

哲夫さんが親戚に聞いた限りでは、あの場所で水死した人はいないそうだ。もしかすると、川に流されてもっと下流で亡くなったのか。あるいは、どこか別のところで亡くなったのだが、この場所が気に入っていて現れたのか。どんな事情にせよ、死んでからも、なお釣りをしていたということは、自分と同じ釣り好きに違いないだろうと、哲夫さんは思ったそうだ。

三十二　ビキニ　サンオーレそではま海水浴場（本吉郡南三陸町）

大学生の洋さんが、夏休みに宮城県へ帰省した時のことである。

実家に戻ったものの、やることもなく暇を持て余した洋さん。南三陸町にあるサンオーレそではま海水浴場に一人で行くことにした。

南三陸町は東日本大震災で大きな被害に遭った場所だ。そのため、サンオーレそではま海水浴場も長らく閉鎖されていた。だが、昨年（二〇一七年）夏、美しい海水浴場として再オープンしたのだという。

洋さんはひと泳ぎすると、持参していたエアーマットを持って再び海に入った。そして、浜辺から離れて、海水浴客のいないところまで来ると、エアーマットに上半身をうつ伏せにして乗った。

海の上をゆらゆらと漂うのは気持ちが良い。そのまま眠ってしまいそうだった。それでも洋さんは泳ぎに自信があるので、浜辺から離れてしまうことに対して不安はなかったという。

ふと前方を見ると、何かが漂っているのに気が付いた。

青い海に浮かぶショッキングピンク色の物体……。

よく見ると、それは女性用ビキニのトップ部分だった。

洋さんは驚いた。そして、ビキニが流れてしまって困っている女性がこの海水浴場にいるのだろうと考えた。同時に、触ったことのないビキニにちょっと興味が湧いた。

洋さんは軽く泳ぐと漂うビキニに近づいて、手を伸ばそうとした。その瞬間、また同じくショッキングピンク色のものがやって来た。

なんと今度は同じビキニのショーツ部分だ。

ショーツまで海に流してしまうとは、相当困っている女性がいるはずだと、洋さんは思った。これは拾ってどこかに届けるべきだろうか。いや、そんなことをしたら女性は恥ずかしい思いをするかもしれない。

そんなふうに洋さんが悩んでいる間にも、ビキニのトップとショーツは一定の間隔を空けて海の上を漂い、洋さんの前から去ろうとしている。

洋さんはとりあえずビキニを拾ってからどうするか、考えることにした。そして、再びビキニを追いかけて進んだ。

洋さんはトップの後ろ側にある留め金辺りに手を伸ばし、むんずと掴むと、持ち上げようとした。

すると、ビキニのトップとショーツは、同時にバシャバシャと跳ね上がり、大きな水しぶきを上げた。そして急に速度を上げ、洋さんの前から去って行ったのだ。

それはまるで見えない女性がいきなりビキニを掴まれ、驚きと怒りで慌てて泳ぎ去ったような感じであった。

しかし、女性の姿は見えないし、声も聞こえてこない。

洋さんは思いがけない出来事に愕然とした。

しばらくして洋さんは我を取り戻すと、エアーマットに掴まって、全速力のバタ足で泳ぎ、浜辺へと逃げ帰った。

三十三　農夫婦（登米市）

登米市は宮城県内一の米生産量を誇る田園地帯だ。

焼けつくような暑さの中、敏行さんは左右に田んぼだけが続く道を自動車で走っていた。知人から紹介されたお客の家をセールスで訪問した帰りだった。

走行中、敏行さんのスマホが鳴った。敏行さんはすぐに自動車を停めて電話に出た。訪問したばかりのお客からだった。

電話を切ると、敏行さんは早く会社に戻ろうと自動車を発進させた。見積もりを出して欲しいというお客からの依頼だったのだ。

敏行さんがアクセルを踏むと同時に、目の前に人が現れた。敏行さんは反射的にブレーキを強く踏んだ。一瞬、目の前の人の驚愕の表情が見えた。

敏行さんは人を撥ねてしまったと真っ青になった。慌てて外へ出て、自動車の前に回るが、誰もいない。念のため、自動車から離れた辺りも歩いて確認したが、ただ田んぼが広がっているだけだった。

その時、後ろからいきなり声を掛けられた。敏行さんが振り向くと、そこには農作業中らしい格好の年配の女性がいた。

敏行さんはほっとした。この年配女性こそ、自動車の前に現れた人だったのだ。

敏行さんが事故を起こさなくて良かったと安心しているのと裏腹に、女性は慌てた様子で、救急車を呼んでくれという。

やはり誰かを撥ねてしまったのかと、敏行さんはぎょっとした。だが、女性は近くの田んぼの中を指差して、夫が急病で倒れたのだという。見ると、あぜ道に横たわる男性の足があった。

女性はスマホなど持っていないのだろう。事情を察した敏行さんは、急いで自動車へ戻ってスマホを取り出した。そして、緊急通報を行おうとした。

ところが、スマホの電源が入っていない。急いで電源キーを押すが、いくら押しても画面は明るくならない。さっきまで普通に使えていたのに……。

敏行さんは、どこかで電話を借りると言って、女性の方を振り向いたが、今度は女性の姿がない。

慌てて田んぼの中を探すと、倒れていた男性の足元へ駆け寄る女性の姿が見えた。だが、声を掛けようとした途端、二人の姿はすっと消えてしまった。

驚いた敏行さんはその場所まで行ってみた。だが、やはり二人がいた痕跡がまるでない。握りしめていたスマホをふと見ると、いつの間にか電源は入っていて、画面が表示されていた。

救急車を呼ぶべきか、敏行さんは悩んだ。だが、肝心の二人が消えてしまったのだ。敏行さんはその場に、ただ佇むしかなかった。


あの場所には、農作業中に急病で命を落とした人がいたのかもしれない。そして、助けを求めた妻も通りがかりの自動車を停めようとして撥ねられて亡くなるという不幸な事故が重なったのか。

いや、過去にそんな事件などなく、敏行さんが見たのは事故とは何の関係もない幻だったのか。真相は分からない。

三十四　生家

細倉鉱山跡（栗原市）

細倉鉱山は、かつては鉛や亜鉛などを産出した国内有数の鉱山だった。しかし次第に衰退し、一九八七年に閉山した。

その後、鉱山で働く人々が住んでいた、昭和の雰囲気そのままの社宅街・佐野住宅は、映画のロケ地となったり、一般に公開されたりした。だが、度重なる地震で一般公開は中止。二〇一四年には解体されてしまった。

今から約十年くらい前、まだ佐野住宅が一般公開されている頃のことだった。定年退職後で自由な時間がたっぷりあった幸雄さんは、映画で見た佐野住宅を、ぜひこの目で見てみたいと思い立った。

東京生まれの幸雄さんは、宮城県には縁もゆかりもなかった。だが、実際に佐野住宅に来てみると、板塀に囲まれた古い家々は、幸雄さんが子どもの頃に住んでいた場所の雰囲気によく似ていた。住宅街を歩きながら、子どもの頃を思い出して、懐かしさで胸がいっぱいになった。

幸雄さんは、ある板塀の前に立ち止まった。その隙間から見える家屋が、なんだか自分の生家に似ていると思った。そこで、板塀に沿って玄関まで行ってみることにした。

なんとその家屋は生家そっくりで、移築したのかと思うほどだった。だが、生家はずいぶん昔に取り壊されているので、そんなことはあり得ない。

幸雄さんは、玄関の引き戸の前に立ってみた。すると、中から人の話し声がする。観光客が見学しているのだろうと思い、自分も入ってみることにした。

玄関の戸を開けた途端、幸雄さんは「幸雄、おかえり」という声を聞いて、凍りついた。だが、その時は懐かしい気持ちに浸りすぎて、空耳が聞こえたのだろうと思い直した。

すると、また声が聞こえてきた。幸雄さんは驚いて辺りを見回した。だが、誰もいない。それなのに、どこからともなく話し声がする。幸雄さんは家の中に足を踏み入れ、耳をすまし、声の正体を確かめようとした。

すると、お母さんが子どもを叱る声、幼い兄弟がケンカする声、一家団欒の笑い声、そして、夫婦が激しく言い争う声などが次から次へと聞こえてきた。

幸雄さんは唖然とした。それは亡き両親、そして、幼き日の幸雄さん自身と弟の声だったからだ。

しかも、それらの声は四方八方から聞こえてくる。幸雄さんは恐ろしさを感じた。しかし、好奇心と懐かしさが恐怖を上回った。幸雄さんはぐるぐると回りながら、声を追いかけ続けた。

しばらくすると、幸雄さんは眩暈と吐き気に襲われ、その場にしゃがみこんでしまった。目が回ってしまったのだ。

幸雄さんは体調が回復するまでの間、じっとうずくまっていた。いつの間にか、声は止んでいた。

幸雄さんはのろのろと玄関を出た。外に出て新鮮な空気を吸いたかったからだ。幸雄さんは家屋に背を向け、両手を広げて、大きく深呼吸をした。

そして、心身を落ち着けると、生家に似た家屋の方を振り返った。

しかし、不思議なことに、そこにあったのは全く見覚えのない家屋だった。

三十五　星空

蔵王連峰（刈田郡）

数年前の夏、東京在住の葵さんは彼氏と共に宮城県と山形県の境にある蔵王連峰を訪れた。標高千メートル級の山々が連なる蔵王連峰は、星空観察の際、妨げになる街の光が届かない。そのため、美しい星々を楽しむことができるとネットでも評判だった。そこで、二人は宮城県側にある蔵王連峰の駐車場に自動車を停めて、夏の星空を楽しむことにした。

葵さんと彼氏が駐車場に着くと、すでに他のカップルや家族連れが星空を観に集まっていた。

二人は停めた自動車のドアにもたれて立った。見上げると、空いっぱいに星が広がっていた。

夏とは言っても夜の高原は気温が低い。葵さんはすぐにトイレに行きたくなってしまった。葵さんは彼氏に一言断りを入れて、小さな懐中電灯で足元を照らしながらトイレに向かった。

トイレから自動車へ戻る時は、星空を眺めている人達の邪魔にならないように、葵さんは懐中電灯をつけることを極力控えた。そのため、彼氏のいる自動車を見つけるのに苦労した。それでも、なんとか彼氏の立ち姿のシルエットを見つけて、隣に立った。そしてまた、星空を見上げた。

しばらく見つめていると、目に見える星の数がどんどん増えてきた。葵さんは星空に目が慣れてきたからなのだろうと考えた。

そのうち、帯のように広がる星の集まりを見付けた。天の川だ。葵さんは初めて見る天の川に感動して、はしゃいだ。

ところが、天の川は右から左へと動き出した。まるで川が流れるかのようだ。葵さんは驚いて、彼氏に言った。

「えっ!?　天の川が動いてる！」

すると、彼氏はいつもより低く落ち着いた声で呟いた。

「僕が動かしているんだよ」

葵さんは彼氏がからかっているのだと思って、自分の見間違いを確かめようと、再び星空に目を向けた。しかし天の川の動きはますます早くなっていった。

葵さんは興奮して「流れ星なの？　流星群っていうもの？　それにしても絶対におかしい！」と騒ぎ立てた。

その時だった、背後から声がした。

「こんなところにいたのか。自動車を間違えているよ」

聞きなれた彼氏の声だった。

葵さんは、ハッとして隣を見た。だが、そこには誰もいない。

驚いた葵さんは懐中電灯をつけて、声がした自分の背後を照らすと、そこにはやはり彼氏の姿があった。いつまでもトイレから戻ってこない葵さんを心配して探しに来たのだという。

葵さんは自分がもたれていた自動車を確認した。すると、車内には知らない家族連れが不思議そうに葵さんを見ていた。

葵さんは、訳が分からぬまま、茫然と星空を見上げた。すると、天の川は全く動いておらず、静かに瞬いているだけであった。

しばらくして気持ちが落ち着いてくると、葵さんは彼氏に自分が見たものの話をした。彼氏は「勘違いだよ」と笑った。

だが、葵さんは幻覚や夢ではないと信じているそうだ。そして、できるならば、あの美しかった天の川の流れを、もう一度見てみたいという。

三十六　コンビニの賑わい（仙台市）

五年前の夏、浩貴さんが仙台市内に出張した時のことだった。一週間後には、仙台七夕まつりが控えていた。（もう少し後ろに日程がズレていたら、まつり見物ができたのに……）と浩貴さんは残念に思った。

商談が終わり、浩貴さんはホテルに戻った。そして、部屋でパソコンのメールをチェックしていると、仕事関係の急ぎの用件が入っていた。返信には予想以上に時間がかかり、小腹が空いてきた浩貴さんは、コンビニでおにぎりかサンドイッチを買うことにした。

浩貴さんはコンビニに向かった。ガラス越しに店内を見ると、昼間のようにお客が多い。

不思議に思いつつも、浩貴さんはコンビニに入った。

しかし、店内には浩貴さん以外のお客はいない。外から見た時にはお客がたくさんいたのに……。浩貴さんは首を傾げた。

浩貴さんがお弁当のコーナーに進むと、自動ドアが開いた。同時に、店員の「いらっしゃいませ」という声が聞こえてきた。浩貴さんは何気なく後ろを振り向き、ドアの方を見た。ドアは開いているが、誰もいない。

浩貴さんはサンドイッチを選んだ後、今度はＡＴＭコーナーに進んだ。しかし、若い女性が操作している最中だった。それを見た浩貴さんは先ほどドアが開いた時に入ってきたお客だろうと思った。

浩貴さんは先に会計を済ませ、ＡＴＭコーナーに戻った。しかし、まだ女性は操作中だった。仕方なく雑誌のコーナーで立ち読みをしながら空くのを待つことにした。

すると、また自動ドアが開いた。反射的にドアを見たが、誰もいない。浩貴さんは、今度こそ、風か故障だろうと思った。

数秒後、今度は浩貴さんの背後でドサッと物が落ちる音がした。浩貴さんが驚いて振り向くと、店員がやってきて落ちていた商品を直しながら、チッと一つ舌打ちをしていた。

すると、その棚の後ろの通路を、人影が通り過ぎるのがちらりと見えた。二度目に開いたドアも、故障ではなく来客だったのかと、浩貴さんは納得した。ドアから入ってくる姿を、たまたま見ていなかっただけなのだ。

雑誌コーナーでガラスに向かって立っていた浩貴さんは、ふと目の前のガラスを見た。すると、ガラスには浩貴さんと同年代の男が映っていた。男は浩貴さんの横に立って、広げた雑誌のページを覗き込んでいた。浩貴さんは、男がいるはずの方を見てゾッとした。なぜならそこには誰もいなかったからだ。

浩貴さんは壁に貼られたポスターなどが、映り込んでいたのではないかと考えて辺りを探した。だが、そんなものはなかった。再びガラスを見た時には、男の姿はなかった。

浩貴さんは、恐怖か緊張なのか分からないが、口の中がカラカラに乾いてきた。きっとパソコンで目が疲れているのだと、自分に言い聞かせて納得しようとした。

そして、一刻も早く用事を済ませて帰りたくなった。そこで、ＡＴＭに立つ女性の後ろに並んだ。その間も落ち着かずにそわそわと店内を見回していた。

あまりにも時間がかかるので、浩貴さんは出金するのは諦めて帰ろうかと思った。だが、ＡＴＭの前にいる女性をよく見ると、立っているだけで操作している様子がないのだ。

浩貴さんはムッとして、「終わったのなら交代してほしいんだけど」と声を荒げた。

するとと、おかしなことに気が付いた。女性は確かに、まだそこに立っている。しかし、次第に姿が半透明にぼやけていき、女性の体を通して、向こう側にあるATMが見えてきたのだ。

「あ！」

浩貴さんは、驚きの声を上げた。すると女性のぼんやりした輪郭は、浩貴さんの声に驚いたようにビクッと震えて、姿を消してしまった。

浩貴さんは、もう一度声を上げてATMから離れると、店員に助けを求めるような気持ちでレジカウンターの方を見た。その時、店内にいる何人ものお客の姿が目に入った。だが、それもほんの一瞬だった。すぐに消えてしまったのだ。

浩貴さんはレジにいた店員に駆け寄った。

「さっきそこにお客さんがいましたよね？」

すると店員は「いいえ」と否定した。

浩貴さんが愕然としていると、店員はこう続けた。

「この近くに霊が集まるという噂の場所があるんですよ。ここが通り道になっているのかもしれません。けど、自動ドアが勝手に開いたり、たまに商品が棚から落ちたりする程度だから、心配はないですよ」

浩貴さんは、店員のあまりにも冷静な言葉にかえって恐ろしさが増し、店員をまじまじと見つめた。だが、それ以上何も言葉が見付からず、浩貴さんはコンビニを後にした。

自動ドアを出た直後、店員の「ありがとうございました」という声に、浩貴さんは思わず後ろを振り返ってしまった。すると、閉まりかけた自動ドアのそばに、ATMにいたあの女性が立っていたような気がした。浩貴さんはホテルまでの道のりを、一気に走って帰った。

一昨年、仙台に出張した時、浩貴さんはあのコンビニが気になって、立ち寄ってみることにした。その頃になると、恐怖心もだいぶ薄らいでいた。

しかし、所在していたと思われた場所にコンビニはなかった。

三十七　湖面

樽水ダム（名取市）

ショップ店員の真紀さんは仕事のミスで落ち込んでいた。

ミスによって起こったトラブルは解決していたものの、自分の不甲斐なさに何もする気が起こらなかった。

誰かに愚痴を聞いてもらいたいが、真紀さんは平日が休みで、友達は皆仕事中だ。仕方なくスマホのイヤフォン端子に付けている、小さな人型の縫いぐるみに自分の苦しい胸のうちを語りかけた。

縫いぐるみは親友から旅行のお土産にもらった物で、真紀さんは縫いぐるみのおどけた表情が気に入っていた。

ふと窓の外を見ると、空が晴れ渡っていた。真紀さんは、部屋の中でじっとしていても気が沈むばかりだと考えて、ドライブに出かけることにした。

新緑の美しさに誘われて、真紀さんは特に考えもなく人里離れた場所へ向かって自動車を走らせた。

気が付くと、「樽水ダム」という道路標識が目に入った。真紀さんは、何となく聞いたことのあるダムだと思って、標識に従ってダムに行ってみることにした。

名取市にある樽水ダムは、一九七六年に市民の水がめとして造られた。ダム湖では釣りができたり、また周辺には公園やテニスコートがあったりして、カップルや家族連れが楽しめるようになっている。真紀さんは、自動車を駐車場に停めて、周辺を散策してみることにした。

ぶらぶらと歩きながらも、気持ちはどうしても、仕事上のミスを考えてしまう。不注意だったことが悔やまれた。

こんなことじゃいけない。気持ちを切り替えようと、真紀さんは湖畔に近付き、水の中を覗き込んでみた。

するとその時、メールの着信を知らせる音が鳴った。真紀さんはスマホを取り出した。しかし、誰からもメールは来ていない。

不思議に思ってスマホをいじっていると、お気に入りの縫いぐるみがスマホから離れて、湖へと落ちていった。真紀さんは「あっ！」と声を上げて手を伸ばしたが、縫いぐるみには届かない。

真紀さんにはなすすべもなく、湖に落ちてしまった縫いぐるみを見つめていた。すると、なぜか軽いはずの縫いぐるみが足の方からゆっくりと沈んでいったのだ。

真紀さんがそれでも縫いぐるみを諦めきれずに湖を見つめていると、今度は何かが浮かび上がってきた。それは湖面より少し下で止まっている。

よく見ると、それは人の顔だった。気が付くと顔は湖面下にいくつも見えた。男とも女とも分からない顔が皆、目を閉じてゆらゆらと漂っていたのだ。

真紀さんの上げた叫び声が辺りに響き渡った。すると、浮かんでいた顔は一斉に跡形もなく消え失せた。

恐ろしさのあまり、真紀さんは来た方向へ走って逃げた。

逃げながら、なぜ樽水ダムという名に聞き覚えがあったのかを思い出した。自殺の名所で、心霊スポットでもあるとネットで読んだことがあるからだ。確か湖に身を投げた人がいたと書かれていたはずだ。

わざわざそんな場所へ一人で行ってしまったのは、自分が落ち込んでいたせいだろうかと考えた。負のエネルギーを発散していて、何かに誘われたのかもしれないと思い、改めて怖くなった。

三十八　鏡（宮城県内某所）

一年ほど前、会社員の進さんは出張で宮城県内のあるビジネスホテルに泊まった。経費削減のため、宿泊先は格安ホテルであることが多かった。また、出張手当も雀の涙。そのため、進さんも余計な出費を避けて、夕食は安上がりを心がけていた。

とはいえ、ご当地の地酒や名物は楽しみたい。そのため、近所の店から地酒をはじめ、牛タンの缶詰や笹かまぼこなどを仕入れて味わうことにした。

地酒も名物もほとんどなくなった頃だった。ダウンライトやベッドスタンドなど部屋の照明が一斉についたり消えたりし始めた。進さんはフロントへ文句を言おうと電話の受話器を取り上げた。すると、部屋の照明の点滅が止まった。一時的なことだろうと考え、進さんはフロントに連絡をするのを止めた。

その後、進さんはベッドに入った。すると、突然、消したはずのテレビがついた。しかも大音量だ。

進さんは飛び起きた。そして、慌ててサイドテーブルに置いたリモコンを探すと、スイッチを切った。前の宿泊客がタイマー設定をしていて、そのままだったのだろうかと、進さんは腹が立った。

いったん目が覚めると、なかなか寝付けない。進さんはベッドの中で、本を読むことにした。すると、今度はぽたぽたと水が落ちる音が聞こえてきた。放っておいても良いのだが、音が気になり、読書に集中できない。進さんはバスルームに向かうことにした。

バスルームのドアを開けると、正面には洗面台があった。洗面台の蛇口から水が落ちていたのだ。進さんは蛇口のハンドルを閉めようとした。しかし、すでに固く閉まっていて、それ以上は回らない。なのに、水滴は止まらない。進さんは、緩んでいたわけでもないのに変だなと思った。

その時だった。洗面台の鏡に映った進さんの背後で何かが動いた。進さんはハッとして後ろを振り向いた。

そして、ほっとした。洗面台の鏡のほぼ向かいに大きな鏡が取り付けてあった。それがバスルームのドアを開けたままにしていたため、合わせ鏡のような状態になっていたのだ。ということは、洗面台の前で動いた進さんの後ろ姿が部屋にある鏡に映り、それがさらに洗面台の鏡に映ったということになる。つまり、進さんが見たのは、自分の後ろ姿だったのだ。

水滴もいつの間にか止まっている。

進さんはすっきりした気持ちになり、ベッドに戻ることにした。しかし、その時、今度は部屋の鏡の中に何かがうごめいているのが見えた。

進さんは、立ち止まって鏡を見つめた。すると、そこには進さんではない人が映っていたのだ。

その正体は皺だらけの白髪の老人だった。老人は鏡の向こう側から進さんがいる部屋の中を窺っていた。

進さんは、ベッドに駆け戻った。廊下へ出るドアは鏡のすぐ近くだったため、反射的に反対側に逃げたのだ。

進さんはベッドの隅に体育座りで小さくなった。しかし、怖いのに鏡からは目が離せない。

すると、鏡の中の老人は鏡の縁を両手でつかみ、縁の下部に片足を乗せた。そして、鏡の中からこちらへ入ってこようとした。

進さんは、それを見て叫び声を上げた。

気が付くと朝になっていた。老人が部屋に入ってこようとした時以降の記憶はまるでない。昨夜のことは夢だったのだろうかと進さんは考えた。

三十九　踏切（宮城県内某所）

会社員の秀樹さんが自動車で帰宅する途中のことだった。間もなく夜が明けようかという時刻で、空はうっすらと明るくなりつつあった。

この日は得意先でトラブルがあり、その処理に追われ、明け方近くまで仕事をしていたのだ。

ある踏切に差し掛かった時だった。踏切の手前でいったん自動車を停めたと同時に、警笛が鳴り始めた。

秀樹さんは先を急がず、そのまま電車の通過を待つことにした。秀樹さんの他には自動車はなかった。

時間が十数分経過した。しかし、一向に電車はやってこない。不思議に思った秀樹さんは左右に首を振って、線路の両方向を確認した。だが、どちらからも電車が近づく気配はなかった。

さらに時間が経った。いい加減、他の道を迂回して帰ろうかと思った時だった。誰もいないと思っていたのに、いつの間にか二人の歩行者が遮断機の前で待っているのに気が付いた。

秀樹さんの自動車側には、主婦と思われる中年の女性。そして反対側には学生服を着た少年がいる。秀樹さんは急に歩行者が現れたことを不思議に思った。しかも、明け方の時間帯である。

しばらくすると、ようやく電車が近づいて来た。秀樹さんはほっとした。

しかしその時、反対側にいた少年が、ゆっくりと遮断機を潜ったのだ。秀樹さんは、目の前で起こった出来事に驚いて息を飲んだ。

秀樹さんの目には、少年が電車に飛び込んだように見えた。しかし、電車が邪魔をして、少年の姿は見えない。秀樹さんは少年が無事であることを祈りながら、電車が通り過ぎるのを待った。

しかし、電車はなぜか異様に長く、なかなか通り過ぎてくれない。

すると今度は、反対方向からの電車が近づいて来た。

その時、秀樹さんの自動車の左前にいた中年の女性が、素早い動きで遮断機を潜ったのだった。

秀樹さんは思わず、「あっ！」と大きな声で叫んだ。そして、非常停止ボタンを押そうと、慌てて自動車を飛び出した。

ところが、自動車を降りると同時に踏切を見ると、通過中だった両方向の電車とも、その姿が消えている。左右を見渡しても、遠ざかっていく電車の最後尾さえ見えなかった。

線路の上には、少年も女性も見えない。

いつの間にか、降りていた遮断機も上がっていた。警笛も電車が走る音もなく、辺りは静まり返っていた。

秀樹さんは、呆然とその場に立ち尽くした。

しばらくして、ようやく頭が働くようになると、あれは、踏切で自殺した人達の霊なのだろうか、それとも、自殺に誘い込もうとする何かが見せた、ただの幻影なのだろうかと考えた。

そして、仕事で疲れているのに、無理して運転したので、普通なら見えないものを見てしまったのかもしれないと思った。

四十　人数（宮城県内某所）

　この書籍の執筆協力をお願いしているライターの佐宗政美さんと共に、仙台に行ったときのことだ。私達は取材を終えた帰りに仙台市が発祥で、北海道で発展したといわれる、炉端焼きの店に入った。

　炉端焼きの魅力は何といっても、客の目の前の囲炉裏端にて炭火で焼いた魚介類や野菜を、長いしゃもじを使って提供してくれることだ。そんな炉端焼きの店は全国に広がり、昭和四十年代は一万店もあったという。しかし、最近は東京でも長いしゃもじを使う店は、なかなか見られなくなった。そのため、本物の炉端焼きに私達はとても満足していた。

　お酒が進んでくると、隣にいた常連客と思われるカップルから、興味深い話が聞こえてきた。それは怪談だった。もしかすると、私達が明日訪ねる心霊スポットの話をしていたので、それが聞こえて呼び水になったのかもしれない。

カップルの女性が男性に語っていたのは、こんな話だった。


女性は中学生の頃、学校の夏合宿に参加した。宿泊先は宮城県内にある山間の施設だという。

一部屋につき、同じクラスの女子が四人。頭を合わせるような格好で、二組ずつ並べた布団に横になると、皆で怪談話を始めた。消灯時間はとっくに過ぎていた。そのため、小声で話していると、廊下から足音が聞こえてきた。足音と共に部屋の引き戸を開ける音も聞こえてくる。

引率の先生が、生徒達がちゃんと眠っているのかを確かめているのだろう。そう分かっていても、ちょうど怪談話が盛り上がっていただけに、恐ろしいことが迫っているような気持ちになった。

足音が止まり、隣の部屋の引き戸が開いた。次はいよいよこの部屋の番だと四人は身構えた。引き戸が開いても寝たふりをしていなくてはならない。それには、寝息を立てていなくてはおかしいのに、一瞬息を殺した時だった。

ガラッ！　バタンと大きな音を立てたと同時に、いきなり部屋の電気がついたのだ。四人はいっせいに叫び声を上げながら、隣に寝ていた者同士でヒシッと抱き合って目をつぶった。先生は早く寝るように四人を注意すると、電気を消して、引き戸を閉めて出て行った。

その時だった。女性は、おかしなことに気が付いたのだ。隣にいた者同士、二人ずつ抱き合っていたはずだ。一瞬だが明るくなった時、反対側の布団に寝ていた二人も抱き合って悲鳴を上げていたのを見た。

ところが今、自分は三人で抱き合っているような気がするのだ。女性は、真っ暗な部屋の中で、再び叫んでしまった。すると、先生が戻って来て、また電気をつけて叱った。だが、その時はやはり二人ずつ抱き合っていたそうだ。女性は暗い中では確かに三人で抱き合っていた感触だったのに……という。

山間のキャンプ場や宿泊施設で知らない子どもが一人増えていたという怪談を聞くことがある。きっと学校行事で宿泊するときなどに、子ども達を怖がらせようとして語られているのだろう。

連れの男性はありふれた話だと笑った。そして、どうせ作り話をするのであればもっと怖くすればいいのにと絡み出した。しかし、女性は本当の体験だとむきになった。作り話なら、もっと怖くするとも語っていた。

女性の言う通り、作り話ほど手が込んでいて怖いもの。ありふれた、たわいのない話にこそ真実があるものだ。

炉端焼きの店で出された酒も肴もそして怪談も、なかなか味わい深かった。

四十一　声　その二（宮城県内某所）

今（二〇一八年）から十年以上前のことだ。道子さんは宮城県内のある病院で不可解な体験をしたという。

当時、道子さんの伯母さんは脳梗塞で入院していた。半身マヒになってしまった伯母さんは、自分の足で歩くことができず、車椅子が必要になってしまった。同時に食べる機能も低下して、柔らかいものしか食べられなくなってしまったそうだ。

そこで、道子さんは、伯母さんの好物である「油麩《あぶらふ》入り煮しめ」を作って、お見舞いに行くことにした。

「油麩」とは宮城県北部の食材で、油で揚げた棒状の麩のことだ。これを輪切りにして、柔らかく煮た野菜と一緒に、さらに汁がなくなるまで煮たのが「油麩入り煮しめ」である。この料理なら柔らかくて伯母さんにも食べやすいだろう。そして、喜んでもらえるだろうと、道子さんは一生懸命作ったそうだ。

ある日、道子さんは病院に着くと、真っすぐに伯母さんの病室へ向かった。何度かお見舞いに行っているので、誰に聞かなくても場所は分かる。

伯母さんの病室は三人部屋だった。入り口のドアを開けると、左手の壁を頭にして三台のベッドが並んでいる。

道子さんは、そっと病室に入った。一番手前のドアに近い側のベッドには、前回お見舞いに来た時にも、お婆さんが使用していた。この日は、ベッドの仕切りになるカーテンが半分引かれていたため、お婆さんの顔は見えなかった。だが、布団が盛り上がっているのが見えたので、お婆さんが眠っているものだと思い、道子さんは静かに通り過ぎた。

真ん中のベッドにいた中年女性は、もう退院したらしい。布団が片付けられていた。

一番奥の窓側の伯母さんのベッドは、日差しがたっぷり当たって明るく見える。だが、伯母さんの姿はない。

道子さんは、きっとリハビリに行っているのだろうと思って、面会者用の折り畳み椅子をさっと広げると、伯母さんの戻りを待つことにした。

道子さんは、油麩入り煮しめを詰めた包みを、伯母さんのベッドサイドのテーブルに置いた。その時、ドアの近くのベッドから、低く唸るような声が聞こえてきた。道子さんは、お婆さんのいびきだろうと思った。

しかし、唸り声はじょじょに大きくなっていった。お婆さんが苦しんでいるのではないかと道子さんは心配になった。だが、しばらくするとまた声は小さくなったので、やはり眠っているだけだろうと思って安心した。

ところが、またお婆さんの唸り声が大きくなってきた。道子さんは、お婆さんのいびきなのか、苦しむ声なのか分からず、どうしたらいいのか迷った。

しかし、万が一、何かあったら大変なことになる。自分の勘違いであったとしても、看護師さんには一言知らせておこうと考えた。

道子さんは立ち上がるとドアに近付いた。ドアに手をかけながらお婆さんのベッドの方を恐る恐る見た。すると、盛り上がった布団がかすかに動いている。

やはり急いで知らせるべきだと道子さんが思った瞬間、病室のドアが開いた。

車椅子に乗せられた伯母さんと、付き添いの従姉が病室へ戻って来たのだ。

道子さんは挨拶もそこそこに、一番手前のベッドのお婆さんの具合が悪いようだからナースステーションへ知らせに行くと、従姉に話した。

すると、従妹は「えっ？」と驚いた表情を見せると、お婆さんの寝ているベッドを指差した。

道子さんは、ベッドを見て訳が分からなくなった。お婆さんがいた一番手前のベッドも、きれいに片付けられていたのだ。

道子さんは驚きに声も出せず、助けを求めるように、従姉の顔を見た。しかし、従姉は黙って伯母さんの車椅子を窓際まで押して行った。そして、話題を変えるかのように、道子さんがベッドサイドのテーブルに置いた包みのことを尋ねた。

道子さんは不安を抱えたまま包みをほどき、伯母さんに油麩入り煮しめを勧めた。伯母さんはとても喜んで、さっそく食べたいと言い出した。

伯母さんが油麩入り煮しめを食べている間に、従姉が道子さんを病室の外に呼んだ。そして、従姉は道子さんに小声で、お婆さんは今朝早くに亡くなったのだと話してくれた。

道子さんは驚きで、しどろもどろになりながら、一人で待つ間お婆さんの唸り声をずっと聞いていたことを説明した。道子さんは話しながら、従姉が病院の事務員として勤めていた経験があったことを思い出していた。

すると、従姉は落ち着いた声で道子さんにこう言った。病院では、亡くなったばかりの患者の姿を見かけることがあるものなのだ、と。

四十二　ずんだ餅（石巻市）

晴美さんのお祖母さんは、石巻市に一人で暮らしていた。そして、二〇一一年三月十一日の東日本大震災により亡くなった。

数年前、晴美さんがお祖母さんの月命日に「ずんだ餅」（宮城県の郷土料理。すりつぶした枝豆を餅の餡にする）を作ってお墓参りに行った時のことだ。

ずんだ餅はお祖母さんの大好物だったので、時々作ってはお墓にお供えしていた。晴美さん自身もずんだ餅が好きで、作り方もお祖母さんに教えてもらったのだ。

晴美さんがお墓へ行くと、くせ毛をショートカットにした小学校低学年ぐらいの女の子に出会った。その女の子は、お祖母さんのお墓の近くにある、他家のお墓の前にしゃがみ込んで、ぼんやりとしていた。

晴美さんは、子どもが一人でお墓にいることを不思議に思った。だが、おそらく家族と一緒に墓参りに来たのだろうと思い直した。

晴美さんは、お祖母さんのお墓にずんだ餅をお供えし、手を合わせて目を閉じた。心の中でお祖母さんに話しかけていると、何となく目の前に気配を感じた。

晴美さんは目を開けると同時に、驚きの声を上げた。さきほどの女の子がすぐそばにいたのだ。女の子はお供えしたずんだ餅に顔を近づけて見つめていた。晴美さんが上げた声など聞こえないかのようだった。

晴美さんはとまどいつつも「ずんだ餅、好きがや？」と女の子に尋ねた。

すると、今度は女の子が目を丸くして後ろへ飛びのいた。そして瞬く間に、元いたお墓の前に戻り、晴美さんの方をじっと見た。

しかし、晴美さんがお墓参りを終えて帰る頃には、女の子はもういなくなっていた。

お墓参りを済ませた晴美さんは自宅に戻った。すると、キッチンにいたお母さんが「誰を連れて来たの？　友だづ？」と聞いてきた。

晴美さんが「一人だっちゃ」と答えると、お母さんは「あんだのうっしょがら誰が通ったように見えたんだけどな」と言う。晴美さんは「母ちゃんの見まづげだべ」と笑って答えた。

だが、その夜から奇妙なことが起こるようになった。

夜中、晴美さんは物音に目が覚めた。パキッと弾けるような音が、部屋のあちこちから立て続けに聞こえていた。ラップ音と呼ばれるものだろう。あまりに続くので、晴美さんは怖くなってお母さんを起こした。だが、晴美さんの部屋にお母さんが入ると、ラップ音はおさまった。

そのうち、晴美さんが仕事に出ている間にも怪異が起こるようになった。お母さんが一人の時も二階の晴美さんの部屋で度々足音がするというのだ。お母さんが晴美さんの部屋をそっと開けてみても、もちろん誰もいないので気味が悪いという。

それだけではない。一階のリビングやキッチンでもぞっとすることがあった。ある日、お母さんが買い物から帰ると、家には誰もいないはずなのに、リビングのテレビがついていて、アニメ番組が流れていたことがあったそうだ。お母さんは、テレビを消し忘れたはずはないという。

晴美さんとお母さんが、キッチンで奇妙な出来事について話し合っている時だった。晴美さんの横を何かが通ったような気配がした。微かな風が起こったのだ。そして次の瞬間、その風に乗ってお線香の匂いがした。

その時、晴美さんはもしかしたら、霊が憑いて来ているのかもしれないと思ったそうだ。


次の日曜日、晴美さんはずんだ餅を作ることにした。キッチンで作っていると、ドアが音もなく少しだけ開いた。晴美さんがドアに目を向けると、隙間から誰かが覗いていた。

晴美さんはそっとドアに近づいて、素早く開け放った。すると、一瞬女の子が走り去る姿が見えた。そして次の瞬間、二階の晴美さんの部屋へ駆け込む足音が聞こえてきた。

その頃すでに、晴美さんは自分の部屋を中心に不思議なことがひんぱんに起こるので、怖くなって自室を使うのを止めて、客間で過ごしていた。このままでは、家中どこにいても、落ち着いて暮らすことができない。

晴美さんは自分の思い付きに従って、ずんだ餅を持つと、お祖母さんのお墓があるお寺へ向かった。そして、晴美さんはお寺の住職に尋ねた。

「檀家の中に、ちっちぇ小学校ぐれいのちぢれっ毛の髪の短けぇ女の子を亡ぐした家はねぇすか?」

すると、住職は「(心当たりが)あるっちゃ」と答えた。

そこで、晴美さんがその女の子のお墓の場所を聞いた。それは、お墓参りの時に出会った女の子がしゃがんでいたところだったのだ。


晴美さんは、以前こんな話を聞いたことがある。

不幸にして突然に亡くなった人の霊は、初めは自分が死んだことに気付いていない。しかし、自分のお葬式や、家族が悲しんでいる姿を見て死んだことを知る。だが、その後どこへ行ったら良いのか分からない。そこで、死んでいるならお墓だろうと、自分のお墓へ行ってみるのだが、そこでも途方に暮れてお墓の前に佇んでいることがあるというのだ。

あの女の子も自分がどうしたら良いか分からずに、お墓にいたのではないだろうか。そして、お供え物のずんだ餅を見ていたら、晴美さんが声を掛けてきたので、家まで憑いて来てしまったのかもしれない。晴美さんはそう思った。

家で作ったずんだ餅を、晴美さんは女の子のお墓に供えて手を合わせた。そして、天国へ行けますようにと祈った。

その日以来、晴美さんの家で不思議なことは起こらなくなったそうだ。

あとがき

私には霊感があり、時折「人ではない何か」の存在に気付くことがある。

本書の取材の帰り、松島の「瑞巌寺」に立ち寄った時もそうだった。参道を歩いていると、突然、地面からゆらゆらと立ち昇る気を感じた。ひと際大きく揺れる炎のような揺らめきを見ているうちに、私の動悸は激しくなり、次第に気分が悪くなっていった。そこで私は立ち止まり、両手を広げてゆっくりと大きく呼吸をすることにした。

しばらくして落ち着きを取り戻した私は、ふと左手にあった立札を目にすると納得した。そこには「3・11津波到達地点」と書かれていたのだ。すぐそばには東日本大震災鎮魂慰霊と復興を祈願した「復興地蔵堂」が建てられており、地蔵菩薩が安置されている。私は自分が目にした〝揺らめき〟の正体が、震災で命を断ち切られた人達の苦しみ、悲しみ、心残り……さまざまな感情の集合体であることを悟った。

実は兵庫出身の私は阪神大震災の被災者である。二十四年近く経った今でも当時のことはいまなお私の心に生々しく残っている。そのため、同じ被災者の一人として、宮城の復興をいつも心から願ってきた。

私は復興地蔵堂の前で手を合わせ、東日本大震災でお亡くなりになられた方々のご冥福をお祈りした。

今回、宮城の地で起こった怪異を紹介しながらも、歴史や観光スポット、B級グルメにも触れさせていただいた。多くの方々に宮城の魅力を再確認するきっかけになればと思う。そして、この本を読むことで宮城を訪れたいという人が増えて、わずかながらでも復興に手を貸すことができればと願っている。

最後に、今回、取材に協力していただいた皆様にこの場をお借りして厚くお礼を申し上げます。

寺井広樹

この書籍内で使用される人物名は全て仮名です。

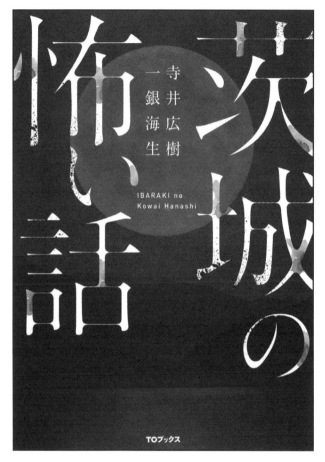

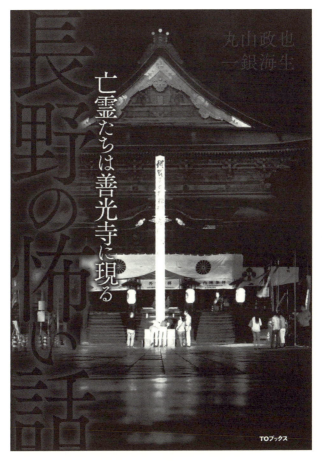

寺井広樹（てらい・ひろき）

1980年生まれ。怪談蒐集家。銚子電鉄とコラボして「お化け屋敷電車」をプロデュース。『広島の怖い話』『東北の怖い話』『茨城の怖い話』『お化け屋敷で本当にあった怖い話』『静岡の怖い話』『新潟の怖い話』『岡山の怖い話』(いずれもTOブックス)、『日本懐かしオカルト大全』(辰巳出版)など著書多数。

とよしま亜紀（とよしま・あき）

雑誌・書籍編集兼ライター。漫画原作等も手がける。小学校時代より、幽霊、臨死体験、生まれ変わりといった「心霊現象」に興味を持つ。「怪談収集」「B級グルメ食べ歩き」がライフワーク。著書に『新潟の怖い話』『静岡の怖い話』(ＴＯブックス)。

写真

寺井広樹・とよしま亜紀・佐宗政美

協力

佐宗政美

イラスト

増田よしはる

宮城の怖い話 —杜の都に魔が巣食う—

2018年11月1日　第1刷発行

著　　者　寺井広樹・とよしま亜紀

発 行 者　本田武市

発 行 所　TOブックス

〒150-0045 東京都渋谷区神泉町18-8
松濤ハイツ2F
電話 03-6452-5766（編集）　0120-933-772（営業フリーダイヤル）
FAX 050-3156-0508
ホームページ　http://www.tobooks.jp
メール　info@tobooks.jp

印刷・製本　中央精版印刷株式会社

ISBN978-4-86472-741-9　Printed in Japan